Cowboy to the Altar

by Rosemary Carter

Published by Harlequin K.K., Tokyo, 2001

朝が来るまで

ローズマリー・カーター 作

大島ともこ 訳

ハーレクイン・ロマンス

東京・ロンドン・トロント・パリ・ニューヨーク・アテネ・アムステルダム
ハンブルク・ストックホルム・ミラノ・シドニー・マドリッド
ワルシャワ・ブダペスト・プラハ

◇作者の横顔

ローズマリー・カーター　南アフリカで生まれ育ち、のちカナダに移住。現在はカナダ南部のアルバータ州、カナディアン・ロッキーにほど近い草原の家に住んでいる。弁護士の夫とのあいだに子供が三人。最初の作品は結婚後、長女の誕生前に世に出た。趣味は音楽と散歩。

1

「いったい誰だろう?」

ジェイソン・ディレイニはステットソン帽の広いつばを押しあげ、家に近づいてくる車を目を細めて見た。この道を通るのは小型トラックがおもで、今やってくるような小型車はまれだ。

飼い主のそばに控える老犬のスコットが、おざなりにうなった。車が家の真ん前にとまったかと思うと運転席のドアが開き、ひとりの娘が現れた。

老犬はうなり、娘のほうに近づいた。

「スコット! 戻れ、スコット」

「あら、大丈夫よ。怖くないわ」かがんだ娘に頭を撫《な》でられ、スコットはたちまちおとなしくなった。

相手が体を起こして近づいてきたとき、ジェイソンの中で何かが緊張した。彼女の軽やかで優雅な動きはダンサーを思わせる。

「こんにちは」

「やあ」ジェイソンは、うっとりするような笑みを浮かべた世にも美しい顔を見おろしながら挨拶《あいさつ》を返した。

髪は熟したとうもろこしのような黄金色、瞳は快晴のテキサスの空のようだ。ウエストはとても細く、大人の男なら両手で楽につかめて、まだあまるだろう。クリーム色のシャツの下の小さな胸は、完璧《かんぺき》な形をほのめかしている。

長い間があいたあと、ジェイソンは言った。「客じゃないね。道に迷ったのか?」

彼女はジェイソンの顔を見るために、顔をあおむけた。「道に迷った? 違うわ。ここはシックスゲート牧場でしょう? 道を曲がったとき、ゲートにその名前があったわ」

「ああ、ここはシックスゲート牧場だ」

「よかった！　じゃあ、合っていたんだわ。わたしは客ではないわ。モーガン・ミュアです」自分が誰か彼がわかっているものと思っているような言いかただった。だが、ジェイソンはその名前に心当たりがなく、きつねにつままれたような顔で彼女を見た。

「モーガン・ミュア。新しい料理人です」

「冗談だろう！」

「冗談なものですか。いいこと、ミスター……」

「ディレイニだ。ジェイソン・ディレイニ」

「ジェイソン・ディレイニ？　あなたがシックスゲート牧場のオーナー？」

　ジェイソンはぶっきらぼうにうなずいた。「そのとおり」目が急に厳しくなる。「ぼくは暇人じゃない、ミス・ミュア。芝居にさく時間はない」

「それはわたしもです」初めて彼女は怒ったように見えた。「敵意を示されるようなことは何もしていないわ」

「なるほど。だったら、なぜきみがここにいるのか、教えてくれないか」

「言いました。わたしは新しい料理人です」

「とんでもない！」

　モーガンは瞳に火花を散らし、両手をこぶしに握った。百六十五センチの女性が挑戦する姿は見ものだった。「わたしをおじけづかせようたって、そうはいきませんからね、ミスター・ディレイニ」

「ぼくがきみを……なんだって？」

「とにかく、こちらにブレントという料理人がいるでしょう？」ジェイソンがうなずいたのを見て、彼女は続けた。「一カ月の休暇をとることになっていて、彼の代わりをする料理人を探していたんじゃありませんか？」

　ジェイソンの中で警報が鳴った。「どうしてそのことを知っているんだ？」

「業界誌の広告で見ました。ブレントと電話で話した結果、わたしがその仕事をすることになったんです」そう説明してから、彼女は自信たっぷりの大きなブルーの瞳でジェイソンを見返した。「ブレントはわたしを待っているはずよ。仕事の説明をしたいでしょうから。彼から何かわたしのことを聞いているでしょう？」

「休暇のあいだ、代わりを手配したとしか聞いていない」

「ほら、ごらんなさい！」

「女性を雇うという話はひと言もなかった。モーガン……」ジェイソンはふと眉を寄せた。「そういえば、ブレントはその名前を言ったな。でも、モーガンというのは男の名前だ」

モーガンは声をたてて笑い、一瞬、ジェイソンは音楽を聴いているような気がした。「男女どちらにも通用する名前だわ。ブレントはいるかしら、ミスター・ディレイニ？　彼はこの誤解をすぐにといてくれるはずよ」

「確かに、彼には説明してもらうことがある」ジェイソンはむっつりと言った。そして、モーガンから顔をそむけながらどなった。「ブレント！」

すぐに当人が現れた。ジェイソンは三十代前半だが、ブレントはその倍以上の年齢で、日に焼けたがにまたの男だ。ブーツもステットソンも、ジェイソンのものよりずっとくたびれている。古ぼけたスーツケースを手にしていた。「呼びましたかい、ジェイソン？」モーガンに目がとまり、彼はぴたりと足をとめた。「ミス・ミュア……」

「こんにちは、ブレント」彼女はにっこりして言った。

ジェイソンは驚き、二人の顔を交互に見つめた。

「本当に顔見知りなのか？」

ブルーの瞳を輝かせ、笑みがモーガンの顔に浮かんだ。「ブレントとわたしはオースチンで会ったの。そうよね?」彼女はブレントのほうを向き、手をさしだした。「また、会えてうれしいわ」

老カウボーイはさしだされた手を恥ずかしそうに見やり、ぎこちなくその手に触れるや即座に放した。「じゃ、おれはこれで」

「待てよ、ブレント」ジェイソンは出かけようとする料理人を押しとどめた。「この女は誰だ?」

「ミス・ミュア。新しい料理人でさ」

「新しい料理人! なんで話さなかった?」

「話したじゃないですか、ボス。代わりの人間を手配したって」

「女だとは言わなかった」

「そうでしたっけ。けど、ちゃんと名前は言いましたぜ」

「モーガンとだけはな。男だとぼくが勘違いすると承知のうえだっただろう? 男を雇えばよかったんだ」

ジェイソンの非難に、ブレントは気を悪くしたように言い返した。「男を雇おうにも、この人ひとりしか応募がなかったんですよ! ほかの人間を探そうとしなかったわけじゃないんだが」

「ほかにいなかったから雇われたと知るなんて、すてきね」モーガンは皮肉っぽく言った。

「この牧場では、女性は雇わない。手違いがあったことは謝る。だが状況がわかったんだから、きみだってここを離れたいはずだ」

「いいえ」

「いいえ?」

モーガンの顔に、ジェイソンは何やらあやしい表情を目にした。そして、彼女が泣こうなどと考えないでくれるよう必死に祈った。涙を見せられたりしたらたまらない。

だが、モーガンは泣かなかった。「いいえ、出ていかないわ」ジェイソンが思ってもみなかった断固とした口調だった。

「前にも女性を雇ったことがありますよ、ボス」裏切り者のブレントが、すかさず口をはさんだ。「エミリーという女だ。覚えてますかい？」

ブレントの前任で、三人のカウボーイの息子とたくさん孫のいる大柄で陽気な女性のエミリー・ローソンと、このミス・モーガン・ミュアは正反対だ。エミリーは牧場にとってプラスだったが、モーガンは迷惑と脅威になるばかりだ。ジェイソンには本能的にわかった。

「もちろん、覚えている。エミリーは別だ」

「美人じゃなかったからね」ブレントは口もとをゆがめてにやりとしながら言った。「丸太みたいに平凡だった」

ジェイソンは口もとを険しく引きしめた。「今はエミリーの話をしているんじゃない。これはだめだ、ブレント、よくわかっているだろう」

「へえ。じゃあ、ボスが炊事場で料理しますかい」

ジェイソンの怒り顔を無視して、ブレントは続けた。

「じゃあ、わしは出かけますよ、ボス」

「いや、おまえはここにいて、料理を作るんだ。誰かもっと……」

モーガンは口をはさんだ。「ブレントが出かけようと、とどまろうとかまわないわ。わたしが料理するかしないかだって、どうでもいいし。わたしはこの牧場で一カ月過ごす契約を交わしています。そして、そうするつもりよ」

きっぱりした口調に、ジェイソンは眉を寄せた。

「ここではきみを雇えないとはっきりさせようとしてきたんだがね、ミス・ミュア」

「でも、わたしはとどまるわ、ミスター・ディレイニ」見返した目は揺るぎなく、恐れを知らない。

「そんなことはごめんだね、ミス・モーガン」

「わたしは契約書にサインしたわ」彼女はブレントのほうを向いてうながした。「彼に言ってよ、ブレント。ミスター・ディレイニに契約内容を話して」

「本当だ。彼女は書類にサインした」

「なぜなんだ?」

「約束を破らないようはっきりしとくためですよ」

「決して約束を破ったりしないわ」モーガンはブレントに請けあったあと、落ち着かなくなるほど人を引きつける笑みをジェイソンに向けた。「契約はブレントを保護し、わたしはここで一カ月働くことになるの」

魔女だ。ジェイソンは百九十センチの長身から、怖い顔をして彼女を見おろしながら思った。しかも、とてもきれいな……いや、きれいどころか、美しい魔女だ。ひどく挑発的で、男に絶大な力を持っているのを承知していて、望むものを手に入れるために持てるあらゆる力を使うのを恥じていない。女……とりわけ、きれいな女にとって重要なのは、望みのものを手に入れることだけだ。

「その契約書を見せてもらおう」彼は言った。

「ブレントは自分の控えを持っているわ。わたしのは車の中よ。いつでも好きなときに見られるわ」

「今、見たいんだ」ジェイソンは告げたが、見なくても、契約書がすきのないものだと、すでにわかっていた。

なんとかして、この女を厄介払いする方法を見つけなくては。ヴェラが去っていったあと、二度と女性とはかかわりあうまいと誓った。今では、自分がヴェラを愛したことがなかったのも、親愛の情を感じたのがせいぜいだったのもわかっている。

このブルーの瞳をしたモーガン・ミュアは、男をずたずたに傷つけることができる。ヴェラよりはるかに深く。ほんの数分モーガンといただけで、ジェイソンにはそれがわかった。もうすでに、やわらかな金髪を手でくしけずり、新鮮な蜂蜜《はちみつ》のように甘く見える唇を味わいたいという強い衝動を感じている。モーガン・ミュアは危険だ。契約があろうとなかろうと、彼女をここから追いだす方法を見つけなくては。急いで。

「わたしは、とどまるつもりよ」彼の考えを読んだように、モーガンは言った。

「いずれわかるさ」

モーガンとジェイソンは、ひび割れたカウボーイブーツが地面をかく音でブレントの存在を思いだした。なぜか、二人とも彼のことを忘れていた。

二人がたがいの顔から目をそらし、老カウボーイのほうを見たとき、ブレントはぼそぼそと言った。

「じゃあ、一カ月後に、ボス」それだけ言うと、ブレントは家を回って去っていった。

数分後、去っていく馬の足音を聞きつけ、モーガンは振り返った。大きな馬の背にブレントがまたがっている。

「彼、行ってしまったわ！」

黒い眉がつりあがった。「予期していなかったのか？」

「こんなにすぐなんて。まさか彼が……」

「まさか、何？」ジェイソンはうながした。

「仕事の説明もしないで行ってしまうなんて。案内して回ってもくれずに……」

「きみが経験のある人間なら、とっくに自分の務めはわかっているはずだ」

モーガンはむっとした目で、彼をちらりと見た。

「もちろん、ちゃんと仕事はこなせるわ。でも、案内して回るとブレントは言ったのよ」

「案内がなくたって、かまわんだろう。この仕事の経験があるなら」意地悪に聞こえるのはわかったが、ジェイソンは彼女が少し自信なげな顔をするのを見て、満足を覚えた。彼の言葉におじけづいてほしいと願ったのだ。

「ねえ、外は焼けつくようだわ。中で話を続けられないかしら？」

一瞬ためらったあと、ジェイソンはぶっきらぼうに肩をすくめ、モーガンを涼しい部屋に案内した。壁はすべて白く、ありふれた低めの家具が並べられている。

ジェイソンの表情は厳しかった。「職歴だが、きみにはそんなものはないという気がするな」

モーガンはそれまで周囲を眺め回していたが、すぐにブルーの瞳でたじろぐことなく彼を見返した。

「仕事の経験はあるわ。でも、あなたの考えているたぐいの経験はないというのは本当よ」

「料理のことは何も知らないなんて言うんじゃないだろうな」

今度はモーガンのほうがためらう番だった。「料理の経験はあるわ」

「牧場じゃなかったら、どこで？　ホテル？　レストラン？　大勢の飢えた人間のために？」

またしても、かすかなためらいが見られた。「自分のために、自分のキッチンで」

ジェイソンはほっそりした体を一瞥《いちべつ》し、不意におかしそうににやりとした。「鳥の餌《えさ》の？」

モーガンも、おかしそうな笑みを返した。「まさか。わたしは鳥じゃありませんもの。でも、何十人もの男性のために料理したことがあるかときいているのなら、それはないわ」

「だが、仕事の経験はあると言った。どこで？　どんな仕事を？」

挑むように、彼女は顎を上げた。「実は、大きなデパートで服を売っているの。パートタイムで専属モデルもしているわ」

ジェイソンはどぎもを抜かれた。「モデル？」

モーガンの表情はいっそう挑戦的になった。「ちらしとか、デパートが顧客に送る贅沢《ぜいたく》なファッション雑誌とか、そういったもののモデルよ」

人はどこでも彼女を目にするのだ。おそらくすけすけのものを着て、さまざまなポーズをとった彼女の写真を。男たちはそれを見て想像するのだろう、彼女が……。なぜ気になるのだろうといぶかりつつ、ジェイソンの目は険しくなった。

彼はぐっと唇を引きしめた。「じゃあ、きみはモデルというわけだ」

「パートタイムのね」モーガンは胸を張った。「ミスター・ディレイニ、モデルの仕事に何かいかがわしい点があると考えているような口調だけれど、そんなことはないわ」

「きみにはきみの、ぼくにはぼくの意見がある。ひとつ知る必要がある。きみはなぜここにいる？」

「その話はさっきもしたわ。料理を作るためよ」

「きみもぼく同様、そんなことはばかげているとわかっているじゃないか。モデルは、暑い炊事場であくせく料理を作ったりしない」

「それが望みなの。必要なだけ重労働する覚悟よ。なんでもするわ。決して不平を聞かされることはないはずよ。ちゃんと働きます」

「いったいどういうことなんだ、モーガン？」

彼に名前を呼ばれて驚いたというように、モーガンは目を大きく見開いた。「業界誌を見たとき、ブレントの広告が目に飛びこんできたのよ。そのとたん、これこそわたしの夢をかなえるものだと思ったの。その思いがとても強かったので、電話でブレントと話をしたあと、面接を受けるためにサンフランシスコからオースチンへ飛んだわ」

「カリフォルニアからテキサスまで飛んだ？　得られるかどうかもわからない臨時の仕事のために？

さっぱりわからない」

　モーガンはおかしそうに笑った。「無理ないわ。つまり、わたしは物心ついてからずっと、牧場で何週間か過ごせたらと思ってきたの。もっと長く過ごせたらと思うけど、一カ月が限度だわ。わたしの実生活は都会にあるんですもの」

　実生活……。「もちろんだ。牧場でモデル業に励むわけにはいかない」ジェイソンはにべもなく言い、さらに続けた。「夢って、どんな夢かな？」

「長い話になるわ。わたしはずっと前から、カウボーイが働き、生活するさまを見たいという願いがあるの」

　ジェイソンの表情がかたくなった。「いいだろう。放牧地をジープで案内しよう。一、二時間もあれば、見たいと思っていたものをすべてお目にかけることができる」

「そんなものでは満足できないわ」

　頭にくる女だ。「カウボーイがエキサイティングだと思っているんだろうな。ぼくは投げ縄が得意だ。デモンストレーションをしよう。子牛を何頭かとらえてみせるよ」

「ちっともわかっていないのね」

　ジェイソンは、自分が抜けだすすべのない罠《わな》にとらえられているような気がし始めていた。「きみの望みはなんだ、モーガン・ミュア？　ブーツとステットソン姿で、最高にきれいに見えるこつか？　来年のウエスタン・ファッション特集のモデルでもするときに、決まって見えるように」

「どうしてそう辛辣《しんらつ》なの？」

　ジェイソンは唇を引きしめた。「辛辣？」

「女性をとても低く見ているようね、ミスター・ディレイニ。それとも、あなたが嫌いなのは、わたしだけ？」返事がなかったので、モーガンは先を続けた。「牧場を案内するという申し出はうれしいけれど、それはわたしの望みじゃないの」

「何が望みなんだ？」

「だから、あなたの牧場で一カ月過ごすことよ。料理を作ることで、その経験の料金を支払うわ」

罠はきつくなりつつあった。ジェイソンは眉をひそめて、ジーンズのポケットに両手を深く突っこんだ。「きみはぼくの忍耐を試しているんだ」

「自分のほうが少しばかり理不尽だとは思わない？」モーガンの口調はさりげなかった。ジェイソンが返事をせずにいると、彼女は大きく息を吸って言葉を続けた。「なぜそう反感を持つのかわからないわ、ミスター・ディレイニ。確かにわたしは料理人としての経験はあまりないけれど、学ぶつもりだし、優遇を求めているわけじゃないわ。広告を見て応募したわたしを、ブレントはブレントなりの理由から採用したのよ。その結果、今ここにいるの。わたしの望みは牧場で数週間過ごすことだけよ。ただでそうしたいと言っているわけじゃないわ」

「モデルが、重労働なんてできるわけがない」

「わたしがあなただったら、そんなに簡単に決めつけたりしないわ」怒りからブルーの瞳がさらに鮮やかになり、頬に血の色がのぼる。「あなたも、モデルの仕事は華やかなことばかりだと考える人たちの仲間のようね。それは大間違いよ。モデルの仕事は重労働よ。厳しいものだわ」

「そうなのか？」皮肉な口調だった。

「そうよ！　売場で働いてからカメラの前でさらに数時間立ったあとでは疲れきって、家へ帰るのが待ちきれない日もあるわ。そんな日は、食べ物を口にして、ベッドへ行くのもひと苦労よ」

「モデルの仕事を楽しんでいないみたいだね」

「そんなことはないわ、ミスター・ディレイニ。とても楽しんでいるわ。重労働がどんなものか知っていると言っているだけよ。わたし、カウボーイたちに料理を作るのを楽しみにしているの」

「モーガン……」

「これはすべて、夢の一部なの。お願いだから、わたしの夢をとりあげないで」

彼女の口調と表情の何かに打たれ、ジェイソンは圧倒された。モーガンに両腕を回し、人生を楽にしてやり、守ってやりたいと強く願った。一歩踏みだした瞬間、彼はヴェラを思いだした。ヴェラは彼の防御を破り、彼は終生それを後悔することになったのだ。

ジェイソンの口調は冷ややかになった。「契約書を交わしたと言ったね」

モーガンから封筒を受けとったときに手が触れ、その瞬間、モーガンを守ってやりたいという願いは彼女にキスしたいという強烈な欲望に変わった。

ジェイソンは無言のまま彼女を見つめた。驚いたことに、モーガンの唇は震えていた。二人の視線がぶつかり、黒い瞳がブルーの瞳をとらえた。一瞬ののち、モーガンが彼から離れ、ジェイソンは彼女が距離をあけてくれてよかったと自分に言い聞かせた。

ジェイソンは手にした封筒を見おろした。ふたたび顔を上げたとき、彼の表情は沈んでいた。「抜け目がないんだな」

モーガンは一心に彼を見守っていた。「なんだかわたしを責めているように聞こえるわ。正確にはどういう意味なの、ミスター・ディレイニ？」

「きみは、考えつくあらゆる条項を入れている」

「言いたいことがあるなら、はっきり言ったら？」

「おいおい、そんな無邪気なブルーの瞳で見つめないでくれ。誰がこの契約書を作ったか、二人とも承知しているじゃないか」

モーガンは怒りを抑えるのに苦労しているようだった。「わたしが犯罪をおかしたような言いかたね。そんなことしていないわ」

「契約書をタイプしただけなら何も問題はない。でも、きみはそれ以上のことをした、ミス・ミュア。ここにある言葉は……」ジェイソンはいらだたしげに契約書を軽くたたいた。「ブレントの語彙《ごい》にはない。命がかかっていたとしても、彼にこんな契約書が作れたかどうか」

「何を非難されているのか、わからないわ」

「自分の望むものを手に入れることさ。その点では、きみも……」ジェイソンは唐突に言葉を切った。

「わたしも……なんなの？」

　ジェイソンは彼女から顔をそむけた。「ぼくの知っている人間に似ている」

「女性？」

「きみの知ったことじゃないが、そのとおりだ」

　少しして、モーガンは言った。「そうだと思ったわ、あなたの言いかたからして……」いったん口をつぐみ、ふたたび話し始めたとき、その口調は弁解めいていた。「契約はどこもおかしくないわ」

「きみが、シックスゲート牧場での一カ月の滞在を確実なものにしたこと以外はね」

「そのとおりよ。でも、契約は両方に働くわ」モーガンの声はこわばっていた。「ブレントも守られるのよ。ブレントは自分のいないあいだ、代わりにわたしが彼の仕事をし、万事めんどうを見るとわかっているわ。カウボーイたちがちゃんと食事できるとわかっているのは、彼には大切なことよ」ブルーの瞳は理解を求めているようだった。

　ジェイソンは彼女の顔を探るように見た。「特別待遇を期待しているんじゃないだろうね」

　モーガンは顎を上げ、憤然として彼を見た。「とんでもない！」

「それがわかっているならいい。労働時間は長いし、暑さがこたえるだろう」

「いつもの労働時間と同じだし、暑いのは好きよ」

「ここのような暑さはどうかな。きみは戸外でへたばりかけていた。中へ入りたいと言っただろう」

「確かにひどい暑さでしょう?」

「確かに」一瞬の間をおいて、ジェイソンは認めた。「でも、きみは暑さにまいるぞ。ほこりのこともある」

「ほこりっぽい土地ならほかにも行ったことがあるし、ほこりは洗えば落ちるわ」

彼女にはガッツがある。ジェイソンもそれだけは認めずにいられなかった。「朝食のしたくをするために、夜明け前に起きないといけなくなる」

「モデルをしているときは、よくそうするわ」

彼は、モーガンの気をくじく方法が種切れになりそうだった。「牛追い作業のときは、放牧地で料理することになるぞ。炊事車で。それはあまり楽しいと思わないだろう」

「そんなことないわ！　牛追いを見たくてたまらないの。ここに来た理由のひとつよ」

「そうか」モーガンの熱意に彼は驚いた。

モーガンはにっこり笑った。「炊事車で料理をするのも夢の一部、冒険の一部だわ。だから、わたしをおじけづかせようとするのはよすことね、ミスター・ディレイニ。そうやすやすとおじけづかないということが、まだわからない?」

ジェイソンには確かにわかっていた。だが、彼女をおじけづかせようという意欲はまだ残っていた。

「女性でモデルだという事実が、ここで影響力を持つとは思わないことだ。カウボーイたちは牛や馬に関心がある。ファッションのことは何も知らない」

「そうでなかったら、わたしはここにいないわ」

「ぼくはきみのキャリアにも関心がない」

彼女は例の心をとろかすような笑みをジェイソンに向けた。「あなたがわたしのキャリアに関心があるなんて、一度も思ったことないわ」

ジェイソンの瞳がきらりと輝いて彼女を見返し、一瞬唇に笑みが浮かんだ。「きみは男と同じように扱われることになる」

「その話はもうすんでいなかったかしら?」

「きみがわかっているか確かめたいと思ってね」

「わかっているわ。わたしを彼らのひとりと考えてちょうだい」

その提案があまりにばかばかしかったので、ジェイソンは大声で笑った。「それは難しいな。きみもぼくも、きみが男でないと知っているんだから」

「ミスター・ディレイニ」

「それはきみにも反対できないことだ、モーガン・ミュア。きみは男じゃない」

ふたたび、ジェイソンは彼女をじっくり見た。視線は顔から魅惑的な体全体をたどった。彼が視線を顔に戻したとき、モーガンの頬には血の色がさし、瞳は怒りに燃えていた。

「あなたをどう説得したらいいのかわからないわ、ミスター・ディレイニ。確かに、わたしは男性じゃないけれど、そのひとりとして扱ってくれたら何よりだわ。信用してほしいものね。あなたにとっては牧場の雇い人がひとりすり替わったにすぎないわ」

「牧場の雇い人は、ちゃんと働かなければくびにされるとわかっている。この契約書も……」ジェイソンは軽蔑《けいべつ》するように、契約書をモーガンに渡した。

「そのことからは、きみを守ってくれないぞ」

モーガンは生意気な笑みを彼に向けた。「ご忠告どうも。わたしをくびにする理由は与えないわ」

また二人の視線が合った。つとジェイソンは腕時計に目をやった。「放牧場から男たちがまもなく戻ってくる。みんな腹をすかせているだろう。きみの初仕事の時間だ、モーガン・ミュア」

2

モーガンがちょうど夕食を作り終えたとき、カウボーイたちが炊事場に現れ始めた。

みんな背が高く肩幅があり、たくましい腕と胸、日に焼けた顔をして魅力的だけれど、ジェイソン・ディレイニにかなう男はひとりもいない。モーガンは無意識にくらべ、心の内で自分を叱《しか》った。ジェイソン・ディレイニが、これまで出会った男性の中でいちばん魅力的だからといって、どうだというの？ 彼は我慢できないくらい独裁的だし傲慢《ごうまん》だわ。彼を物差しにして、ほかの男性をはからないほうがいい。ジェイソンとはできるだけ顔を合わせないのが賢明だ。

カウボーイたちは、炊事場の長いテーブルの向こうにモーガンを見て、あっけにとられた顔をした。

「こんにちは、モーガン・ミュアです」言葉もなく見続ける彼らに、モーガンは自己紹介した。「新しい料理人の。ブレントから何か話を聞いていないかしら？」

カウボーイたちはたがいに目を見交わしてから、モーガンに視線を戻した。彼女が熱いテキサスの風に乗って運ばれてきた異星人か何かで、本物の人間だとは信じられない様子だ。モーガンは、カウボーイたちが女性と接する機会が少ないことを思いだした。わたしがいることに少しずつ慣れてもらうようにしよう。

「みなさんと仲よくなるのを楽しみにしているわ」彼女はジェイソンを強く引きつけた、自然な美しい笑みを見せた。

「こちらも楽しみにしてるぜ、ハニー。仲よくなるのは早ければ早いほどいい」ほかのみんなと少し離れて立つ、冷酷な顔と好色な目をした男が応じた。

一瞬の間をおいて別のカウボーイが言った。「落ち着けよ、ハンク」

「よけいなお世話だ、チャーリー」

「彼のことは気にしないように。会えてうれしいですよ、ミス・ミュア。みんなそう思ってます。ようこそ、シックスゲート牧場へ」チャーリーはハンクとは対照的に優しい顔をしていて、笑みは温かく、歓迎の気持ちがあふれていた。

「ありがとう、チャーリー。どうかミス・ミュアと呼ばないで。モーガンと呼ばれるのに慣れてるの」彼女は、ハンクをのぞく全員に目を走らせた。「放牧場で一日働いて、とてもおなかがすいているでしょうね。夕食ができています」

どんな料理を作ればいいのか教えてくれるブレントはおらず、ジェイソンにきくのも気が進まなかったから、モーガンは自分でメニューを考えた。カウボーイはステーキが好きだし、それなら冷凍庫に山ほどストックされている。ステーキ肉をレモンジュースとスパイスのソースでマリネして焼いたあと、マッシュルームをのせた。つけあわせは半分に切りハーブをきかせて焼いたポテト、にんじん、グリーンピースとサラダ。デザートはアップルパイとアイスクリームにした。

モーガンは席についたカウボーイたちが料理をとり分けるあいだ後ろに下がり、みんなの反応をいそいそと待った。それはすぐ現れたが、彼女の期待していたような反応ではなかった。男たちはあっというまに料理をたいらげ、それ以上食べ物がないと知ると、不満の声が起きた。それは、あのいやなハンクから始まり、ほかの者も同調して大騒ぎとなった。チャーリーひとりがそれに加わらず、モーガンに料理はおいしかったと言った。

「うまかっただと？」ハンクはどなった。「おれたちは男か、それともひよっこの集まりか？」

チャーリーはモーガンをかばったが、ひとりが言った。「量が足りないよ、チャーリー、量が」

「みなさんはブレントの食事に慣れているのね。それはわかるわ」モーガンは懸命に声をはりあげた。「今晩の食事が気に入らなかったのは、本当に申しわけないわ。どんなものが食べたいか言ってくれたら、次はそれが食べられるようにするわ。少し猶予をお願いしたいの」

「おれたちは今、腹ぺこなんだよ、ハニー」せせら笑うハンクに、カウボーイたちは声をそろえた。

モーガンが震える手で髪をかきあげ、冷凍庫からもっとステーキ肉をとりだそうとしたとき、力に満ちた声が響いた。「いったい何事だ？」

騒がしかった声がさっと静まり、モーガンは振り返った。ジェイソン・ディレイニのいかつい顔が目の前にあった。

「ここで何をしていらっしゃるの？」

「きみがどうしているか見に来たんだ。見に来てよかった」

「この女が食事だと言って出したものを見せたかった」ハンクはひとりが押しやった料理を指さした。「これを見てくれ、ボス。おれたちは男だ。離乳食を食っているよちよち歩きの赤ん坊じゃない」

「ぼくは気に入った」チャーリーが言った。

「チャーリーは、このレディの正義の騎士のつもりなんだ」ハンクはうんざり顔で言った。「これはだめだ、ボス。おれたちは一日重労働してきた。たっぷり食べる必要がある。ここにいるきれいなレディはベッドで男をいい気分にしてくれるかもしれないが、男の腹の満たしかたは確かに知らない」

「口のききかたに気をつけるのね」モーガンはきっぱりした口調で言った。

ハンクは平然としていた。「へええ？」

「汚い言葉には我慢しないわ」

「ほう、そうかい？」ハンクはまた言った。

「やめるんだ」ジェイソンは冷静に警告した。

「でも……」モーガンはかっとして言いかけたが、警告するように腕をつかまれて言葉を切った。思いもよらないショックが手首から肩まで走った。

ジェイソンが男たちのほうを向いた。「これはモーガン、ブレントの代わりだ。悪気はなかったんだが、まだわれわれのやりかたに不慣れだ。そうだな、みんな外でサッカーをしたらどうだ？　すぐに、もっと食べ物を用意するから」

カウボーイたちはおとなしく彼の言葉に従った。やがて外でサッカーの始まる音がした。

ジェイソンがかばってくれたのは予想外だった。モーガンは感謝をこめて言った。「かばってくださってありがとう」

ジェイソンは冷凍のステーキ肉を解凍するために巨大な電子レンジに入れたあと、彼女のほうを向いた。「きみのためにしたわけじゃない」

「わたしはてっきり……」モーガンは彫りの深い顔に浮かんだ厳しい表情を目にして困惑し、口をつぐんだ。そして、ジェイソンはなぜわたしをこれほど嫌うのかしらといぶかった。

「雇い人が騒ぎを起こすのは困る」

「騒ぎですって？」

「ハンクの言葉を聞いただろう？　彼らは男で、腹をすかせているんだ」

「十分な量を料理しなかったのは申しわけないわ。でも、あのハンクって下品で口が悪いわ」

「この牧場一のカウボーイのひとりでもある」

「気にならないの、彼の口のききかたが？」

「ぼくは礼儀正しさで男たちを雇っているわけじゃないんだ、ミス・ミュア」

奇妙な荒々しさにかられ、彼女は考えずに言っていた。「あなた自身、礼儀を知らないからでしょうね、ミスター・ディレイニ。あなたは会ったときから不作法だったわ」

さっと手が伸びてきて、鉄のような指がモーガンの手首をつかんだ。黒い瞳には軽蔑《けいべつ》がありありと見えた。「きみが牧場にいるのは感心しないと告げるのが不作法だというなら、ぼくは不作法なんだろう。ぼくはきみをここへ招きはしなかった。好きなときに出ていってかまわない」

「契約書のことを忘れているわ」

ジェイソンの目に火花が散った。「契約書があってもだ」

「あなたはわたしに出ていってほしいのよ」

彼はその挑発に、直接答えないことにした。「きみはそもそもここに来るべきじゃなかった。だが、きみはそれを百も承知だ」

「ブレントはそうは思わないでしょうね」

「きみがあんなひどい食事を出したあとでも？」

「本当にそれほどひどかった？」

ジェイソンは、すぐには答えなかった。モーガンが緊張して見守る中、彼は電子レンジからたくさんのステーキ肉をとりだし、別のを入れた。振り返って彼女を見たとき、その唇は一文字になっていた。

「男たちの反応を見ただろう。ハンクはひとつ正しいことを言った。彼らは明け方から放牧地で重労働してきたんだ。まともな食事を期待して戻ってきたらあれだ。腹を立てるのも無理ない」

「間違えたのよ」モーガンの声は低かった。「今では、量が十分でなかったとわかるわ。でも、ベストは尽くしたわ」

「わかっているべきだったんだ、モーガン」

「ブレントが残って説明してくれていたら……案内して回ってくれていたら……」

「男にしろ女にしろ、有能な牧場の料理人なら、腹をすかせた男たち向けの料理のしかたを知っていて当然だ。この仕事に応募したとき、きみが何を考えていたのか知りたいものだ」

「言ったでしょう、これはわたしにとって重要だって……」

ジェイソンは解凍したステーキ肉をグリルにのせ、チリの大缶をいくつか開けた。これで今晩は誰も飢えはしないだろう。

彼は首を回してモーガンを見ると、やや荒っぽく言った。「うまくいかないだろうな」

「いいえ、うまくいくわ！」

「そんなこと信じないね、モーガン。きみが正直なら、やはり信じないはずだ」

「でも、わたしは信じているわ！　そして、ここにとどまるつもりよ」

「きみは明日にも出ていくべきだと思う」

「くびにするつもり？」彼女の声は震えた。

ジェイソンは数秒間黙っていた。モーガンは彼のたくましい顎の筋肉がかすかに動くのを目にした。

「きみをくびにする理由がない。出ていってほしいと頼んでいるんだ」彼はついに言った。

モーガンはみじめそうにジェイソンを見た。「確かにわたしはミスをしたわ。でも、学ぶのにミスはつきものでしょう」

「この先もミスはあるだろう」

にべもない彼の言葉に、突然モーガンはひどく腹を立てた。戦わなかったら、ジェイソンは彼女の夢を粉々にしてしまうだろう。「追い払わせはしないわ！　機会を与えられてもいいはずよ」

「ここで望まれていないのが気にならないのか？」

ジェイソンの言葉は腹部に強打を浴びせるようなものだったが、モーガンはなんとかショックを隠し、ぐいと顎を上げた。「ちっとも」

彼女はジェイソンの次の言葉の攻撃に備えて身構えたが、奇妙にも彼は無言だった。数秒間、炊事場の唯一の音は、肉の焼ける音と壁にかかった時計の時を刻む音だけだった。

ジェイソンの表情が変化した。彼の目が全身を眺め回すのを見て、モーガンは息を吸った。二十二歳になる今まで、男性には慣れていた。男性モデルとしょっちゅう写真を撮られ、何度も口説かれ、礼儀正しく、かつきっぱり断ったうえで友達でいられる方法を学んできた。ところがなぜか、この相手への反応は違う。これほど混乱し、心もとなく感じたのは初めてだった。人を裸にするような目でジェイソンに見られ、彼女は服をはぎとられたように感じ、彼の圧倒的な男らしさと自分の女らしさを鋭く意識した。

「望まれていないということが、本当に気にならないんだな」ジェイソンは低い声で尋ねた。

「ベストを尽くすつもりだとしか言えないわ」モーガンの声は震えをおびていた。

黒い瞳に鋼鉄のきらめきが宿り、顎の筋肉がふたたび引きつれる。「楽な仕事じゃないぞ」

「そうかもね」モーガンは、わざと挑発的な視線を彼に投げた。「前にも、おじけづかせないよう頼んだわ。あなたの脅し作戦は、わたしには通じないことがわからない？」

しばらくして、ジェイソンは笑顔で彼女を見おろした。「わかりかけつつあるよ」

それはモーガンに怒りを忘れさせる笑顔だった。彼の黒い瞳、きりっとした頬骨やセクシーな唇を見つめ、彼女はジェイソンほど魅力的な男性に会うのは初めてだと思った。心臓が早鐘を打っていたので、彼にその音を聞かれないよう、モーガンはすばやく一歩離れた。

「じゃあ、わたしに機会を与えてくれるのね？」

「きみの一挙手一投足を見守っている」笑顔の背後には脅しがあった。

ステーキとチリができあがると、カウボーイたちがぞろぞろと炊事場へ戻ってきた。彼らは長いテーブルにつき、食べ始めた。モーガンは彼らの食欲と、皿に盛りあげた料理の量にどぎもを抜かれた。

ジェイソンの目がおかしそうにきらめいた。「参考のために言うと、ブレントはいつも彼らと食事をしていた」

山盛りのステーキの前に座ることを思っただけでひるみ、モーガンは急いで首を振った。「明日はね。今はおなかがすいていないわ」

「実は、ぼくと食べるよう言うつもりでいた」

「あなたとですって、ミスター・ディレイニ？」

彼女の表情を目にして、ジェイソンの瞳はおかしそうに輝いた。「しばらく顔を突きあわすことになりそうだし、そろそろぼくをジェイソンと呼ぶべきだと思わないか、モーガン？」

「あなたはカウボーイたちと食事しないの？」

「ブレントは、いつも家のほうで料理を作ってくれる」

「だったら、わたしもそうするわ」

「ブレントは出かける前に、一週間十分もつほど料理していった」ジェイソンは、それまでよりわずかに優しい口調でつけ加えた。「きみは一日運転してきた。たぶんくたくただろう」

「仕事ができないほどじゃないわ！ わたしをひっかけようとしているなら、よすことね。別のテストで落ちるつもりはないわ」

彼はにやりとし、その笑みはモーガンの気持ちに危険な効果をおよぼした。「ひっかけでもテストでもない。二人分たっぷりあるから、きみも一緒に食べたらいい」

誘いを受けたいのを、モーガンはやっとのことで抑えこんだ。「言ったでしょう。おなかはすいていないの」

「好きにするといい」ジェイソンは低く笑って言い、それ以上は説得しようとしなかった。

しばらくしてモーガンが炊事場から出てくると、ジェイソンの姿はどこにもなかった。外はまだ暑かったが、西の空はピンクに染まり始め、低木の立ち並ぶ平原には長い影がさしている。彼女はカウボーイたちがサッカーをしている場所とは反対の方向へ向かった。ハンクと不愉快な口論をするのはごめんだった。

彼女は眉をひそめて周囲の暗がりを見回し、シックスゲート牧場に到着して以来初めて、自分がどこで眠るのだろうと思いめぐらした。雇い主がジェイソン以外だったら、ためらわずに尋ねていただろう。だが、彼にはひどく落ち着かない気分にさせられるので、尋ねるのは気が進まなかった。

とはいえ、どこかで眠らなくてはならない。母屋は明らかに立入禁止区域だ。ジェイソンと同じ家では眠れない。ほかに適当な建物があるとしても、見当たらない。スーツケースがまだ車のトランクにあるのを思いだしたとき、モーガンの頭にひらめいた。

そうだ、車があったわ！

だが、車に数分いただけで、一夜を過ごすのは無理だとわかった。炎天下に何時間もとめていたあとで、中はオーブンのように熱く、息をするのも不可能で、眠るなど問題外だ。

となると、残るは一箇所しかない。牧場労働者の泊まる小屋だと考えたとたん、モーガンはひるんだ。カウボーイたちと同じところに寝て、ハンクのような男の下品な言葉に耐えるなんてできるかしら。だめ、小屋は問題外だわ！

こうなってはプライドをのみこみ、ジェイソンに話すしかない。ところが、母屋のドアをノックすると、なんの返事も返ってこない。裏に回ったが、そこでも返事はない。犬の吠《ほ》える声もなければ、ジェイソンのジープの姿もなかった。

自分がジェイソンに言った言葉が今になってよみがえってきた。〝わたしを男性のひとりとして扱ってくれたら何よりだわ。あなたにとっては牧場の雇い人がひとりすり替わったにすぎないわ〟

カウボーイたちがまだサッカーに熱中しているあいだに、モーガンは急いでスーツケースを小屋に運びこんだ。細長い部屋を見たとたん、心は沈んだ。かつて入っていた寄宿舎を思いだす。壁にそって並んだベッド、それぞれのわきに戸棚と寝室用たんす、部屋の一方の端にあるテレビと数客の安楽椅子。清潔でそれなりに快適ではあるが、息苦しいほどに男性的だ。

ここで眠るという考えがあまりにぞっとするものだったので、彼女は初めてジェイソンは正しかったかもしれないという気になった。結局のところ、わたしはシックスゲート牧場に居場所がないのかもしれない。明日の朝一番で、ここをあとにするべきなのかも。

そこまで考えて、モーガンは自分の夢を思いだした。わたしはここに来ているわ。牧場での一カ月。夢を実現する機会よ。そう考えると、小屋でひと晩過ごすはめになるかもしれないことも、それほどたいしたことに思えなくなった。

部屋のいちばん奥の暗い隅、ほかのベッドから少し離れたところに、モーガンは誰も使っていなさそうなベッドを見つけた。急いでスーツケースをその下に押しこみ、服を着たままベッドに入る。外が暗くなりかけたとき、カウボーイたちが小屋に戻ってきた。彼女は薄いグレーの毛布を顎まで引きあげてできるだけ浅く呼吸し、誰も気づきませんようにと祈りながらじっと横たわっていた。実際、誰も彼女に気づかず、ベッドに近寄りさえしなかった。

男たちの大半は野球中継をしているテレビのまわりに集まり、拍手したり野次を飛ばしたりしている。外が真っ暗になったころ、新しい声が小屋に響き、テレビの周囲の興奮したおしゃべりが静まった。

「モーガンの姿が見えない」ジェイソンが言っていた。「新しい料理人だ。誰か彼女を見たか？」

「夕食のときから見てません」とチャーリーの声。

「あんなべっぴんなら、近くにいれば気がついている。料理がしんどすぎて、牧場を出てったんだ」ハンクの言葉を聞きながら、モーガンは緊張に体をこわばらせた。

ジェイソンが捜しに来るかもしれないとは考えてもいなかった。

「彼女は炊事場にいないが、車はとめてあった場所にある。まだ牧場にいるんだ、どこかに」

「ボスのベッドにいるのかも、ボスを待って」ハンクがいやらしく言った。

ジェイソンはハンクの言葉を無視した。「見つけないといけない。もう外は暗いし、彼女はこのへんの地理に明るくない。考えられる場所はすべて捜した。見ていない場所はここだけだ」

「この小屋だって？」カウボーイたちはボスの言葉に驚き、その顔をまじまじと見た。

「ここにいるということはないかな」カウボーイたちは全員一致で、そんなことはありえないと言った。だが、ジェイソンはゆずらなかった。「捜索隊を出す前に、中を捜してもいいかな」

まもなくジェイソンは、隅のベッドで目につかないようにしようとしている彼女を見つけた。

長いこと、彼は怖い顔をしてモーガンを見おろしていたが、ついにわめいた。「いったい、どういうつもりだ？」声は怒りにこわばり、顔は憤怒《ふんぬ》の仮面をかぶったようだ。

「ジェイソン……」

「きみがここに来た瞬間から、トラブル続きだ。そのベッドから出ろ、モーガン。さっさと」

「ジェイソン」彼女はふたたび言い、口をつぐんだ。このときまでには、カウボーイたちがベッドのまわりに集まってきていた。

驚くにはあたらなかったが、ハンクが皆を押しのけて前に出てきた。「これはこれは、セクシーなモーガンじゃないか」

「ほっといてやれよ」すかさずチャーリーがモーガンをかばった。

「うせろ、小僧」ハンクは低い声で脅してから続けた。「この女は男が好きなんだ。そうだろう、ハニー？」

「やめるんだ、ハンク」こわばった顔でジェイソンが言い、モーガンに向かってつけ加えた。「ぼくと来るんだ」

「ちょっと、ボス。いさせたらどうです。彼女はお楽しみを求めているようだ。望みがかなうように、おれがめんどう見ますよ」

「耳が悪いのか、ハンク」

つのる緊張にあわてて、モーガンは男たちを静めようとした。「ジェイソン、チャーリー、二人ともわたしを守る必要はないわ。自分のめんどうは見られるわ」ハンクに向かっては、こう言った。「指一本触れさせないわよ。だから、消えうせるのね」

ハンクは不快な笑い声をたてた。「このべっぴんさんはガッツがある。おもしろくなりそうだ。あんたともっとよく知りあいになりたいよ、ハニー。どっちのベッドにする？　みんなが寝静まるまで待つか、それとも今楽しみたいか？」

「やめろ、ハンク」ジェイソンはふたたび警告した。

「ボス、いいじゃないですか。この女はレディじゃない。男ともっと仲よくなりたがっているんだ」

「黙れ！」チャーリーがどなった。

同時にジェイソンが向きを変え、荒々しい表情でハンクにつめ寄った。仲間二人がハンクを押さえるあいだ、ほかのみんなは信じられないというように見つめていた。やがて、ジェイソンは忍耐心をかき集めるようにゆっくり体を引いた。ハンクが大きく息を吐き、彼の腕をつかんでいた男たちも手をゆるめた。

ジェイソンはモーガンのほうを向いた。「そのベッドから今すぐ出るんだ。さもないと、どうなっても知らないぞ」

つらい立場をわかってくれるように目で訴えながら、モーガンは黙ったまま彼を見あげた。

「いいか、モーガン」ジェイソンは低くかがんで耳もとに口を近づけ、彼女にだけ聞こえるような低い声で言った。「今すぐベッドを出ないと、抱きあげて運ばないといけなくなる。みんなは……とりわけハンクは、そのショーを楽しむだろう」

ジェイソンは本気なのだ。モーガンに選択の余地はなかった。たいして威厳の持てない状況の中で最大限の威厳を保ち、三十人もの男の目に見つめられる中、彼女は毛布を押しのけてスマートにベッドから出た。そして、彼女のスーツケースを手にしたジェイソンに腕をとられるまま、逆らわず従った。

「自分で持てるわ」小屋からかなり離れたとき、モーガンは言った。「いずれにしろ、あなたと同じ方向に行くつもりはないわ」

その言葉に、ジェイソンは彼女をにらみつけた。

「あそこに戻るつもりじゃないだろうな。いくらきみでも、そこまで愚かなはずがない。この次も助けに行くつもりはないぞ。チャーリーに、ハンクからずっと守ってもらうことも期待できない」

「その必要のあったためしは一度もないわ」

「本当か？」その声は危険なほど静かだった。

「あなたが捜しに来るまで、みんなはわたしがあそこにいるとは知らなかったわ。いずれにしろ、小屋へ行くつもりじゃないわ。自分の車のところへ行くのよ」

「出ていくのか？」

「それがあなたのお望みでしょう？」

「それがきみの考えていることか？」

「あなたの警告は忘れていないわ。一挙手一投足を見守っていると言ったわね。これで、わたしをくびにできると思っているんでしょうね。結局、あなたはわたしを目にして以来、ここを出ていってほしがっていたんですもの」

「ぼくの望みは、目下のところ問題じゃない」

「どういうこと？」

「牧場を出ていくつもりなら、遅すぎるということだ。とにかく、今日のところは。外はまっ暗で、きみは幹線道路に出る前に迷っているだろう」

「そしてあなたは、わたしに何かあった場合、責任を負いたくないわけね。夜、寂しい平原に無責任な女をほうりだしたなんてことになったら、あなたの評判に傷がつくから」

「最高に頭にくる女だな」彼は歯ぎしりしながら言った。「出ていったら、いい厄介払いだ」

「あいにくわたしは、出ていきたくないわ。いろいろあったけれど、ブレントが戻ってくるまで、このシックスゲート牧場にいたいの」

「だったら、なぜ車のところへ行く？」

モーガンはジェイソンを見あげた。「ほかにどこも眠る場所がないからよ」

ジェイソンは数秒のあいだ無言だった。ついに口をきいたとき、言葉はしぼりだされたようにぶっきらぼうできつかった。「眠る場所はある。知っているものと思っていた」

　モーガンは期待するように彼を見た。「離れ？」

「母屋だ」

「あなたと寝るつもりはないわ、ジェイソン・ディレイニ！」それがどう聞こえるか気づくまもなく、言葉が口をついて出ていた。

　ジェイソンの手が彼女の腕をつかんだ。子牛を投げ縄でやすやすととらえるのと同じくらい、信じられないほどの高みまで女性をやすやすとかきたてられる、大きく力強い手。モーガンは全身が燃えるように熱くなった。

「誘った覚えはない」

　モーガンは怒って彼を見た。「覚えていたとしても関係ないわ。どちらにしても、答えは同じよ」

　眉がつりあがる。「とにかく、きみは車では眠れない。だから、母屋しか残されていない。そして、いいか、モーガン、これ以上議論はごめんだ」

　無言のまま、二人は家へ向かった。

　ジェイソンはスーツケースを客用寝室におろすと、モーガンのほうを向いた。「小屋で何をしていたのか話してくれないか？」

「もう話したわ。眠る場所が必要だったのよ」

「小屋へ行けと言った覚えはないぞ」

「ええ、少なくとも口に出してはね」

　片方の眉が上がる。「なぞなぞをとく気分じゃないんだ。はっきり説明してくれないか」

　彼の傲慢な表情は腹立たしかった。「男たちとまったく同じ扱いをすると言ったじゃない」

　ジェイソンはまじまじとモーガンを見ていたが、突然思いがけず声をたてて笑いだした。「ぼくの言ったのは、特別扱いを期待するなということだ」黒い瞳でじっと彼女を見つめたとき、笑みは消えた。

「きみを男のひとりと考えるのは難しいだろうとも言ったはずだ」モーガンの胸や腰に視線がそそがれ

る。「実のところ、それは不可能だろうな」彼はそっけなくつけ加えた。

ジェイソンの目に浮かんだ表情や声の奇妙な調子に、モーガンは体が震えた。彼に目覚めさせられた感情を無視して言う。「恥をかかせていると思わなかったの？　小屋でわたしにあれこれ指図して。カウボーイたちの前……あのいやらしいハンクの面前でわたしを脅して」

「最初にベッドから出るよう頼んだとき、きみは出なかった」

「だって、みんながいたからよ。彼らが離れるのを待っていたのよ。見られたくなかったの。それに、あなたは頼んだんじゃなく、命令したのよ」

「勝手にしろ」ジェイソンは今やいらだっていた。「だが、これだけは覚えておいてほしい。ここではぼくがボスだ。とどまるつもりなら、ぼくの決めたルールに従ってもらいたい」

「選択の余地はなさそうね」モーガンは堅苦しく言ってから、どうしてもきかないではいられずに尋ねた。「本当に、小屋からかかえて運びだす気だったの？」

「もちろんだ」ジェイソンはきっぱり言った。

一メートルと離れず、そびえるように立つ彼が発する強い官能のオーラに、モーガンは神経の先まで張りつめ、あの力強い腕に抱きあげられ、胸の鼓動を頬に感じたいと痛いほどに思った。彼女は瞳に浮かんだその思いを読まれたくなくて、無理にジェイソンから顔をそむけ、震える声で言った。「あなたがどんなことを考えたにせよ、わたしは小屋で無事に過ごせたと思うわ」

「どうしてそう思うんだ？」

「男性には慣れているの。自分のめんどうは見られるわ。どうしてカウボーイたちをあしらえないわけがあって？」

「そのわけを教えてやろう」ジェイソンの声は厳しかった。「彼らは性欲旺盛《おうせい》だ。ここではめったに女性を見かけない。女性が近くにいると、関心を引きつける」

ジェイソンが忠告しようとしていることはわかったが、モーガンはかえってその傲慢さに反発した。

「それでも、切り抜けたと思うわ」

「そう思うのは早計だ。きみが牧場へ来て数時間しかたっていないのに、すでに緊張が生まれている。気づかないとしたら、きみは目が見えないんだ。シックスゲート牧場に暴力は許さない。仕事と生活を共にしている男たち……ことに彼らのような荒っぽい男たちをかかえていれば、ちょっとしたいさかいは日常茶飯事だ。だが、敵と味方に分かれるような大っぴらなけんかは、大きなトラブルにつながる。それには黙っていないぞ」

「わたしだって、あなたに劣らず暴力は嫌いよ」

「だったら、警告しておこう。きみがあくまでここにとどまると言い張るなら、遅かれ早かれ、男たちはきみをめぐってけんかを起こすだろう」

「そんなこと信じない。わたしのせいでけんかなんか起きるわけないわ。彼らをその気にさせるようなことは何もしないつもりよ」

「きみはきみであることをどうにもできないさ、モーガン。ハンクは変わらないだろうし、ばかなチャーリーはきみの名誉を守り続けるだろう」

モーガンは震えを押し殺した。「いずれ、彼らはわたしを一員として受け入れると思わないの？」

ジェイソンは短い笑い声をあげた。「どうしてそんなことができる？」彼はモーガンの顔を数秒間黙って見つめた。「眠る場所が必要だったから小屋へ行ったと言ったね。それが唯一の理由か？」

「ほかにどんな理由があるというの？」

「それを、考えていたのさ」

ジェイソンの意味したことを理解するのは難しくなかった。吐き気を覚え、モーガンはいかついハンサムな顔を見あげた。「なぜそれほどわたしを嫌うの？」彼女はついに尋ねた。「知るかぎり、あなたの気を悪くするようなことは何もしていないのに、ここへ来た瞬間から、敵意しか見せられていないわ。なぜなの？」

ジェイソンはその問いを無視し、代わりに容赦なく言った。「小屋にいたら、誘いととられるかもしれないとは思わなかったのか？」

「思わなかったわ。懸命に目につかないようにしていたから」モーガンの声は震えた。

彼女はジェイソンの黒い瞳にはがねのような光が宿り、顎の筋肉が引きつれるのを見た。「ベッドにいる女は男を待っているんだ。よせよ、モーガン、世間知らずなふりをするんじゃない。ぼくは一瞬だって信じない」

「わたしを侮辱しているのが気にならないの？」

「ぼくは侮辱しているのかな」

「しているわ！　あなたの言葉に、わたしがどんな思いをすると思うの？」

ジェイソンの考えこむような目が、彼女の顔を眺め回した。「では、きみが眠るために小屋へ行っただけだとして、男たちのひとりが何かしようとしたら……本気でそうしようとしたらどうした？」

「自分で身を守ったわ」ジェイソンの瞳に冷笑するような表情を認めたとき、モーガンはつけ加えた。「小屋ではっきりさせたと思ったけど」

「勇敢な言葉をいくつか口にした。それで効果があったとは思わないことだ」

「でも、あったわ。あなたもチャーリーも、わたしを助けるまでもなかったでしょう。わたしは護身術のレッスンに行ったことだってあるのよ」

ジェイソンはにやりとした。「本当に？」

次の瞬間、モーガンは彼の腕の中にいた。あまりの速い出来事に、彼女はあっけにとられた。狭い部屋のこちらとあちらで向かいあっていたかと思ったら、次の瞬間、力強い腕が体に回され、ジェイソンの唇にぴったり口をおおわれていた。

罰するような激しいキスに、しばらく彼女は考えることはおろか息をすることもできなかった。護身術のレッスンのことを思いだしたのは三十秒ほどしてからで、どんな動きをすべきか考えられるほど頭がはっきりするまでにさらに三十秒かかった。そして、そのときまでにジェイソンのキスは変化していた。

口づけはずっとソフトにずっと甘くなった。その優しさにモーガンはめまいがし、頭の働きが麻痺《まひ》した。経験したことのない感覚をかきたてられ、全身が燃えあがる。ぴったり押しつけられている体は圧倒されるほど男性的で、うっとりするほど自分を女らしく感じる。深い口づけの求めに応《こた》えて唇を開いた瞬間、自分の身を守るという考えは頭から消え去り、指は相手のたくましい首のうなじの髪に自然にさしこまれた。

ようやくジェイソンが顔を上げたとき、モーガンはぼんやりと彼を見あげた。

「護身の技はどうなったんだ？」

「今……使うところだったのよ」

「なるほど」ジェイソンは言ったが、彼が嘘《うそ》を見破っていることはモーガンにもわかった。

彼女の頬は上気した。「使えていたわ」

「そうかい、モーガン？　使えていたかもしれないな。だが、威勢のいいことを言うのがせいぜいなら、今ここで言っておこう。きみはハンクのような男にはひとたまりもないと」モーガンが言葉もなく見返していたあいだに、ジェイソンは先を続けた。「ひと言アドバイスしておく。消しかたを知らないなら、火をつけるんじゃない」

「あなたが火をつけたのよ」

「きみは反対しなかったみたいだが」

自分の熱烈な反応を思いだし、モーガンは彼の言葉を否定しなかった。頬がますます上気する。

「なぜあんなことをしたの？」彼女はついに尋ねた。

「きみが教えてくれ、モーガン」

彼女はジェイソンを見つめた。まだショックが抜けきれておらず、理解するまでに数秒かかる。力なく、彼女は答えた。「どんなことが起こりうるか、わからせるためでしょうね」

横柄に眉を上げ、ジェイソンはうなずいた。

「あなたにはなんの権利もなかったわ」

「ぼくは単純な男だ。だから、ストレートな口をきく」彼の目はこの上なく真剣だった。「きみはここで男ばかりの中にいるんだ。きみに手を出したがる男が現れるだろうと知っておく必要がある。いざそうなったとき、文句を言いに駆けつけてほしくないからね」ジェイソンはいったん口をつぐんだ。先を続けたとき、口調は慎重だった。「今のキスは、確かに許しを求めなかった。だが、そうなったについては、どちらも責任は半々だとわかっている」

モーガンは怒りに震えた。「二度とわたしに触れさせないわ」彼女はかみしめた歯のあいだから言った。

「ぼくの約束を期待してはいないだろうな」

「いいこと、ジェイソン、わたしは料理人よ。その……」一瞬、モーガンは言葉につまった。「愛人じゃないわ」

ジェイソンの笑い声は低く深みがあり、おもしろがっていた。「テキサスの牧場に愛人か。それはそれは！　きみは怖がっている、モーガン・ミュア」

「怖がっているですって？　いいえ、とても腹を立てているだけよ」

「出ていってもいいんだ」

「何度そう勧めたかわかっている？」

「もう一度勧めているんだ。明日、日がのぼりしだい、出ていってもいいんだよ」

　モーガンは激しく首を左右に振った。「どうしたらあなたに通じるの？　わたしは一カ月滞在しに来たの、そして、そうするつもりよ」

　彼女の顔を一瞥《いちべつ》し、自分がキスしたばかりの唇に目をとめるジェイソンの表情をモーガンはうかがった。

　ふたたび口を開いたとき、彼の口調は厳しかった。

「じゃあ、これだけは頭にたたきこんでおくことだ。もしとどまるなら、その結果何が起ころうと受け入れざるをえなくなると」

3

「あの娘は問題だ」ジェイソンはベッドの足もとですやすや眠っている老犬のスコットに話しかけた。「最大級のトラブルだ」真夜中近いが、これまで一睡もできていない。あのいまいましいモーガン・ミユアのせいだ。

　犬の鋭い吠《ほ》え声に、ジェイソンははっと物思いから覚めた。ひそやかな足音が部屋のドアの前を通り過ぎる。そのあと、キッチンのドアが開いて閉まる音が聞こえた。

　彼がスコットとキッチンに入っていくと、モーガンはカウンターでサンドイッチを作っていた。ドアの開く音に、彼女はさっと振り向いた。

「ジェイソン！　びっくりするじゃない！」

彼は答えず、モーガンを見つめたまま、ただ戸口に立っていた。

「眠っていると思った。犬の吠え声を聞いたのね」

ジェイソンはぶっきらぼうにうなずいたが、まだ何も答えない。

モーガンは尋ねるような顔をした。「何か食べても気にしないと思って……」

何か食べるのを気にする？　彼女のようなかぼそい女性が、いくら食べられるというのだ。気になったのはそんなことではない。気になったのはモーガンの姿だ。彼女はシャツとズボン姿でも十分欲望をそそった。だが、今身につけているものときたら！　ベビードールと呼ばれる短いパジャマらしい。ピンクのほとんど透明な薄い生地越しに、胸のふくらみがわかる。胸のつぼみさえ。下のショーツは短く、小さなヒップのカーブと長くすんなりした脚をあらわにしている。

ジェイソンはつばをのみこんだ。体の奥深くでかたく凍りついていたものが、とけ始めている。そうと知っても、少しもうれしくない。彼はかえって怒りを覚え、こちらの意思に逆らって領地に侵入してきた女性へのガードを崩すまいと、前にも増して決意をかためた。

「気にする？　どうしてぼくが気にする？　炊事場にはもっと食べ物がある。だが、なぜなんだ？　今夜、食事はどうかときいたじゃないか」

「でも、あのときはおなかがすいていなかったの」

「威厳を保っていたんだろう？」

モーガンは皮肉っぽい笑みをちらりと彼に向けた。

「いいえ。わたしの考えていることがわかると思っているようね、ミスター・ディレイニ」

ジェイソンは、このいらだたしい小柄な娘を見おろした。モーガン・ミュアは、彼の嫌う女性の要素をすべて備えている。独立心が強く、あくまで自分の意思をつらぬこうとする。せいぜい気をつけないと、彼の世界を引っ繰り返しかねない。

「あなたにはわからないわ、ジェイソン」

生意気な娘だ。決意にもかかわらず、彼の顔に初めてかすかな笑みが浮かぶ。「面と向かって、ぼくが間違っていると言えるものなら言ってごらん」

モーガンは顎をつんと上げてジェイソンを見た。

「そうね、合っているところもあるかもしれない。でも、あなたの誘いは親しみがこもっているとはいえないものだったわ」

「親しみがこもっている？　何を期待したんだ？　特別に配達された正式の招待状か？」

ブルーの瞳をきらめかせ、彼女はからかい返した。

「そのとおりよ。金縁のついた」

「がっかりさせて申しわけないね、モーガン」

二人は声を合わせて笑い、笑うのはなんといいものなのだろうとジェイソンは思った。

彼は尋ねた。「最後に何か食べたのは？」

モーガンは眉間《みけん》にしわを寄せた。「ええと……十五時間くらい前かしら。途中、道路わきの食堂に寄って、サラダとミルクを口にしたわ」

「それだけ？　ほかのみんながフライドポテトとステーキを食べているときに、サラダとコップ一杯のミルクか」ジェイソンはもう一度笑った。無意識にキッチンを横切って彼女のそばへ行き、手をとる。

モーガンは彼を見あげ、何か言おうとするように口を開けたが、言葉が出てこない。ジェイソンはやわらかで耐えられないほど華奢《きゃしゃ》な体を引き寄せ、長いことそのままでいた。彼女が息を吐くかすかな気配がして、理性が戻る。彼は手をゆるめて一歩あとずさり、二人のあいだにふたたびしっかり距離を置いた。

彼らは無言のまま見つめあった。あまりの緊張に二人のあいだの空気が張りつめ、はじけてしまいそうだ。

ジェイソンは何か、どんなことでもいいから言わなければと思った。「湯が沸いている」

「そうね……」モーガンの声は、かすかに震えて聞こえた。「コーヒーは、ジェイソン?」

彼はモーガンを見おろした。明かりは彼女の髪を濃い金色に変え、まつげは頬に長い影を投げかけている。すぐそばにいるため、鼻孔を満たす香水の甘い香りに少しくらくらする。

欲望がいきなりジェイソンをわしづかみにした。モーガンをふたたび抱き寄せたくてたまらない。美しい体のソフトな感触を感じ、その唇に唇を重ねたい。うれしくない感情だった。

「コーヒーはいかが?」ブルーの瞳にはなんとも奇妙な表情が浮かんでいる。彼女もまたなんらかの感情と闘っているようだ。

「いや、けっこう」彼は答え、釘《くぎ》をさした。「朝食は早い。牧場では朝早くから一日が始まる。カウボーイたちがちゃんとした食事にありつけないと、また炊事場でひと騒動起こるだろう。だから、きみは四時までに起きる必要がある。となると、早く食べてベッドに早く戻るほどいい」

「言ったでしょう、ちゃんと朝食のしたくをするって」

「遅れても、言いわけはなしだ」

モーガンはぐいと顎を上げた。「遅れないわ。くびにする口実を与えたりしない」

実に挑発的だとジェイソンは思ったが、堅苦しい口調で言うだけにした。「では、数時間後に」戸口の手前でモーガンに名前を呼ばれ、彼は首をめぐらした。「なんだ?」

「不思議に思わずにいられなかったの。香りをつけたシーツは誰のもの?」

「シーツ？」

「ええ。ここにあるのは……」彼女は手ぶりでキッチンを示した。「最低限のものばかりでしょう？　簡素といってもいいほどものがないわ。家全体がそうよ。でも、わたしのベッドのシーツには香りがついていて、とてもきれいだわ。ほかのすべてとそぐわないように思えたの。だから……」

ジェイソンははっとした。ヴェラのシーツだ。まだ客用のベッドルームにあったとは思ってもみなかった。

「あのシーツは誰のものなの、ジェイソン？」

「ぼくの妻のものだ」彼ははっきり答えてキッチンをあとにした。

自分の部屋に戻ったジェイソンはスコットに話しかけた。

「あの娘は本当にトラブルのもとだ。気をつけないと、ぼくの世界を引っ繰り返してしまうだろう。どうしたらいいのか自分でもわからない」

ベッドに入っても暗闇《くらやみ》の中でも、ジェイソンにはなおモーガンの姿が見えた。どう努めても、彼女のイメージを心から追い払えない。

「彼女はここを出ていかないとだめだ」彼は、ベッドの足もとですでに半分眠りかけているスコットに言った。「きつい仕事で意気をくじかなくてはならないとしても、なんとかして彼女をこの牧場から出ていかせなくては」

ジェイソンはキッチンのドアが閉まる音を耳にした。ひそやかな足音がドアの前を通り過ぎたとき、犬は身じろぎしたが吠えなかった。

モーガンはジェイソンの去りがけの言葉にショックを受け、食べることを忘れてしまっていた。奥さんがいた！　ジェイソンが結婚しているかもしれないと、なぜ思わなかったのかしら？　彼女は香りのついたシーツのあいだに横たわりながら、こんなに悲しく感じなければいいのにと思った。

目覚ましが鳴ったとき、モーガンはうめいた。ベッドに入って数分しかたっていないように思える。数秒間じっと横たわっていたあと、無理やり目を開けた。部屋の中は暗く、ベッドわきの時計の蛍光文字盤は、まだ四時をさしてはいない。四時だなんて……非人間的だわ！

十分後、モーガンはジーンズとスウェットシャツを着て炊事場にいた。すぐあとに現れたジェイソンがむすっと言った。「間に合ったな」

彼女はにっこりした。「楽々とね。当てがはずれた？」

ジェイソンも白い歯を見せた。「まあね」

「わたしが寝過ごしたらどうしていた？　ベッドからかかえあげて炊事場に落とした？　それとも、その場でくびにした？」

「まず最初のほう、失敗したらあとのほうさ」ジェイソンはそっけなく答えたが、モーガンは彼の瞳がおかしそうに輝いているのを目にした。

敵意をむきだしにしていないときのジェイソンはすごくすてきだわ。この人と恋に落ちるのはとてもたやすい。眠りに落ちる前、なぜあれほど悲しかったのか、モーガンがそのわけを思いだしたのは、数秒してからだった。ジェイソンは結婚しているのだ。モーガンの瞳から笑みが消えた。

「あなたも、みんなと一緒に朝食を食べます？」堅苦しい口調で、彼女は尋ねた。

「普通は食べない」

「母屋で食べるの？」

「コーヒーにトーストに卵。ときにはステーキも。ブレントは、ここでのしたくを終えたあと料理する。でも、きみにそれは期待しないよ。昨日、そう言ったはずだ」

「でも、わたしもブレントと同じようにあなたの朝食のしたくをするわ」モーガンは静かに言った。ブレントのしていたようにするとあくまで言い張る彼女に、ジェイソンは言った。「どうしたっていうんだ？　きみは察しがつかないのか？」

「察しって？」

「四六時中、きみに足もとをちょろちょろされていては邪魔なんだ」

モーガンは、なんとか顔に感情が出ないようにした。ジェイソン・ディレイニは、自分がどれほどわたしを傷つけたかを知れば大喜びするだろう。

「できるだけ、あなたに近づかないようにするわ」彼女はきっぱりジェイソンに言った。そして、仕事にかかりながら、いつわたしはジェイソンの奥さんに会うのかしらと思いめぐらした。

少なくとも今朝は、長い一日の仕事の始まるカウボーイたちの食欲について、モーガンは言われなくてもわかっていた。最初のひとりがやってきたときまでには、炊事場は食欲をそそる香りに満ち、料理は趣味よく並べられ、各自とり分けられるようになっていた。

ハンクが現れ、チャーリーが現れ、ほかのカウボーイたちもやってきて、みんなは旺盛《おうせい》な食欲を見せた。今度はひと言も文句は出ず、モーガンは心地よい達成感を覚えた。彼らが食べ終えたとき、彼女は片づけをあとまわしにすることにして、ジェイソンについて母屋へ行った。

「自分で朝食を作ると言っただろう」

「わたしは、務めを果たすつもりだと言ったわ」

しようのない女だと怖い顔をして彼女を見たあと、ジェイソンは表情をやわらげモーガンに笑いかけた。黒い瞳は温かみをおび、目のまわりには笑いじわができた。「どうしてもぼくの朝食を作るというなら……きみも一緒に食べるといい」彼は一瞬言葉を切った。「それとも、また断るつもりかい？」

「いいえ、ご一緒したいわ」

ジェイソンの妻が牧場にいるとしても、彼女はキッチンに姿を現さず、彼も妻のことを口にしなかった。二人は黙ったまま食事をした。肩のこらない沈黙だった。朝食が終わるとすぐ、ジェイソンはステットソンを手にとり、家をあとにした。

　表の窓際に立ち、モーガンは彼がジープのほうへ歩いていくのを見守った。一度、彼は振り返り、モーガンは無意識に手を上げて振っていた。ジェイソンがそれを目にしたかどうかはわからなかったが、彼は一瞬ためらったように見え、ふたたび歩いていった。

「夢のために牧場へ来たと言ったね」その晩、二人で食後のコーヒーを飲んでいるとき、ジェイソンは言った。

　相変わらず彼の妻の姿はない。牧場にいないのは明らかだったが、これまでのところ不在の理由の説明はなかった。

　夢とはどんな夢かときかれ、モーガンはカップの縁越しに彼にほほえみかけた。「長い話になるわ」

「聞こうじゃないか」

　モーガンは、熱く濃いコーヒーを口にした。一瞬その目は何かを思いだしているかのように、内面に向けられている。ようやく彼女はジェイソンを見て、話し始めた。「祖父はカウボーイだったの……」

　看護婦をしていた祖母とのあいだのひとり娘がモーガンの母だった。モーガンの生まれた直後にカリフォルニアへ引っ越したため、彼女は両親が交通事故で亡くなるまで、祖父のことをあまりよく知らなかった。そのときは祖母もすでに亡くなっていて、彼女は祖父の手にゆだねられたのだった。

「きみはいくつだったんだい？」

「十一歳になったばかりだったわ」

「老カウボーイと都会育ちの少女か」

「それをおかしいと思うのもわかるわ。そう考えた人たちはほかにもいたわ」自分の思い出に笑いかけるように、モーガンは静かにほほえんだ。「祖父にとって、男手ひとつでわたしを育てるのは大変だったはずよ。でも、なんとかやってのけたわ。すでに牧場で働くのはやめていたから、カリフォルニアに来て暮らすのがわたしのためにいちばんだと決心したの」

「彼にとっては、大変な変化だったろうな」

「変化でもあり犠牲でもあったわ。祖父が本当にサンフランシスコに慣れたとは思わない。平原の静けさを絶望的なまでに思いこがれていたものよ。でも、祖父にはさまざまな思い出があった。毎晩毎晩、自分の働いた牧場や仲間のカウボーイのことなんかを話してくれたわ。わたし、しまいにはほとんどを暗記してしまった」

「今、お祖父《じい》さんはどこに、モーガン？」

「亡くなったわ。一年ちょっと前に。とても急に。あまりに突然で、お別れを言う間さえなかったわ」

　モーガンは口をつぐんだ。スカイブルーの美しい瞳に涙がにじんだが、少しして彼女は喉をごくりとさせ、まばたきして涙を払った。話を続けるには、さらに数秒かかった。

「恐ろしい喪失感にさいなまれたわ。最初、どうしたらその死を乗り越えられるかわからなかった。でも、祖父のしてくれたすばらしい話はすべて覚えていたわ。そのうち、牧場へ行って祖父が話してくれたことを自分の目で見る必要があるとわかったの。つまり、これがわたしの夢よ。ものすごくわくわくするものでも、ドラマチックなものでもないわ。牧場で一カ月過ごしたいという強い望みにすぎないわ。自分の目で見て学んで、経験すること。祖父が話してくれたことのすべてを多少なりとも理解するという望みよ」

　モーガンの話は単純なものだったが、なぜか、ジェイソンはひどく心を動かされた。話そのものだけでなく、モーガンの話しかたや声や使った言葉、思いだしているときの彼女の瞳に浮かぶ表情に。

　彼女にどれほど心を動かされているかに気づいてジェイソンは愕然《がくぜん》とした。昨日、彼女はトラブルのもとだと感じたとしたら、今日、彼はそれを確信した。モーガンはかつてのヴェラよりはるかに危険だ。モーガンは、男の存在そのもの……彼の心や考えに忍びこむ方法を知っているからだ。彼女は勇敢で、ヴェラよりずっと自立しているし熱意に満ちている。ヴェラはそうしたふりをしていただけだった。同時に、モーガンには、大切に守ってやりたいと男に思わせるものがある。モーガンと暮らすところを想像できるといってもいいほどだ。そして、そんなことはとうてい正気のさたではなかった。

　唐突に、ジェイソンは言った。「お祖父さんが思い出に生きていたのはいいとして、きみにいい話ししかしなかったのは明らかだな。牧場の暮らしはロマンスと楽しみばかりじゃない」

　モーガンは傷ついたように見えた。「それを知らないと思って？　それに、祖父が思い出をロマンチックに描いたと思っているなら、間違っているわ。祖父はそれはいろいろ話をしてくれたわ」

「だいたい想像がつく。彼が話したすべてを並べあげられると思うよ。牛のかり集めのドラマ。ロデオの興奮。夕日の沈むころ響くギターの音色」

　モーガンは静かな口調で言った。「焼き印押しや牛のかり集めの話をしてくれるとき、それらがわくわくするものだという口ぶりだったけれど、牛や男たちにかける負担についても話してくれたわ。テキサスの広大さや、開けた空間のすばらしさ、何百エーカーにもわたる牧場、春になるとプレーリーに咲く花……」

「やはり、彼はきみにいいことしか話していない」

ジェイソンの口調は厳しいままだった。

「いいことばかりじゃないわ」一瞬間をあけて、モーガンは言った。「祖父は洪水や牛泥棒の話もしたわ。迷子になったりけがをしたりして助けだす必要のある子牛や、とげのある枝で人や馬の脚を切り裂いてしまう、とりのぞくのがとても厄介な低木メスキートの脅威、熱気や風やほこり、孤独についても話してくれたわ」

モーガンが話し終えたあとも、ジェイソンはしばらく無言だった。

ついに彼は言った。「一日で牧場は見学できる。かかっても、数日だ」

モーガンは首を左右に振った。「それが望むすべてだったら、滞在客を受け入れるどこかの牧場で休暇を過ごせたわ」

どうしても彼女を説得しなくては。ジェイソンは必死に思った。祖父の経験したことを自分も経験するために、シックスゲート牧場で一カ月過ごす必要はないのだと彼女の頭にたたきこまなくては。ぼくの人生から急いで彼女を追いだす、なんらかの方法を見つけなくては。手遅れにならないうちに。

「案内してあげる。今ではきみの求めているものがわかるから、すべて見せてあげよう。数日もあれば、足りる」

「いいえ、けっこうよ」

「男たちの食事を作る必要もない。朝、日の出前に起きたり、夜ストーブの前で震えていなくてすむんだ。そんなことは、普通きみのような女性にはまっぴらのはずだ」

「わたしは普通じゃないんでしょうね。だって、そういったことこそ、わたしのいちばん望むことですもの」モーガンはどんな男の心もとろかすような笑みを浮かべた。

　ジェイソンはむっつりして言った。「一カ月がどんなに大変なものになるか、わかっていないんだ」

「あなたがわたしにここにいてほしくないと思っているのはわかっているけれど」ブルーの瞳がきらきら輝き、頬にはチャーミングなえくぼが浮かんだ。

「それは当たっている。ぼくはきみにいてほしくない」ジェイソンは自分が嘘《うそ》をついているとわかった。

「それはおあいにくさま。なぜって、それでもここにとどまるつもりだから」モーガンの瞳のきらめきが強まる。「あなたの望みに反して申しわけないわ、ジェイソン。でも、こう考えたらどうかしら。たった一カ月だって。一カ月たったらブレントが戻ってきて、わたしがここにいたことを忘れられるわ」

　ひと月でモーガンがどれだけ害を加えられるかわからない。ジェイソンの口はきつく結ばれた。モーガンを忘れるという点にしたって、忘れるのは無理だ。

　よそよそしく、彼は言った。「ひと月たったら、それ以上とどまる口実を見つけたりしないな」

　モーガンは首を振った。「もちろん、しないわ」

「きみはそれまでに帰りたくてうずうずするだろうな。また安逸な暮らしに戻りたくなって。きみのような女性には、一カ月が我慢の限界だ」

「わたし……あなたの言っていることがよくわからない」

　実のところ、ジェイソンは自分でも言いたくないことを口にしていた。それでも何かが彼を突き動かしていた。彼は強いて声にあざけりをこめた。「きみのような女の子は、決して牧場生活に長くは満足していられないってことさ」

　緊張に満ちた沈黙が長く続き、ジェイソンは息をつめて、モーガンの返事を待った。

彼女は少し元気をなくした声で言った。「一カ月はちょうどいい長さだわ。わたしがそれ以上とどまろうとするのではないかという心配は不要よ」

「いいだろう」ジェイソンは感情のこもらない声で言った。

それからしばらく、どちらも口をきかなかった。ジェイソンはすっかり冷えてしまったコーヒーを飲んだ。モーガンも自分のカップからひと口飲んだ。静かな部屋の中で、犬の息づかいが唯一の音だった。

「馬には乗れるか？」やがてジェイソンは尋ねた。

モーガンは顔を上げた。「乗ったことはあるわ。デパートが乗馬服の特集をしたとき、モデルをしたの」

「そういう意味じゃない。乗馬はするのかい？」

「ちゃんと乗ったことはないわ」

「理解に苦しむね」軽蔑《けいべつ》するような口調は、この数分間にかきたてられた感情を隠すためのものだった。「お祖父さんはカウボーイだったというのに、きみに一度も乗馬を教えなかったのか？」

「祖父はロデオの事故でひどいけがをしたのよ。そのあと二度と馬に乗れなかった。満足に歩くこともできないくらいだったわ。馬の顔を見られないのをひどく残念がって。農場にでも出かけていって、馬屋のまわりでしばらく過ごしたらと何度か言ったけど、できなかった。そうこうするうち、病気につかまってしまったわ」

「だったら、ぼくが教えないといけないな」

モーガンの瞳が輝いた。「そうしてくださる？」

「牧場を見学するいちばんの方法は、馬の背にまたがって回ることだ。本当に習う気はあるんだな、モーガン？」

「もちろんよ！　ぜひ、馬に乗りたいわ」

ジェイソンは体の奥深くに、おなじみのとろけるような感覚を感じた。今の言葉を悔やむことになるとわかったが、いまさら引っこみがつかない。「きみのしたくをととのえないと」彼はぶっきらぼうに言った。

「ジーンズでいいでしょう？」

「ブーツがいる。それと帽子と。まともな帽子をかぶらなかったら、きみはひなたで五分ともたないだろう」

「近くに、そうしたものを買える店はあって？」

「この牧場に、きみの使えるものがある」

　モーガンの顔から輝きがわずかに消えた。「あなたの奥さんのもの？」

「ヴェラのものだ」彼はぶっきらぼうに認めた。

「あなたの奥さんといえば、まだお会いしていないわ」モーガンは明るく言ってちょっと言葉を切ったが、ジェイソンが黙っているので先を続けた。「今、牧場にいらっしゃらないのね？」

「そのとおり」

「わたしがここに滞在していると知ったら、奥さんは気にする？」

「どうして彼女が気にするんだ？」

「わたしなら、女性が自分の夫と暮らしていたら、気にするわ」

「きみとぼくは一緒に暮らしているわけじゃない。その点は、昨日はっきりさせなかったかな。ぼくたちは共同で家を使っているんだ。それ以上の意味はない」

「そのとおりだわ」

　ブルーの瞳に一瞬かすかな表情が浮かび、たちまち消える。その表情の意味がわかったらとジェイソンは思った。

「それでも、わたしがヴェラだったら、やはり気にすると思うわ」

　ジェイソンはモーガンの顔に視線をそそぎ、真剣にその表情を探った。数秒ほどして、彼は言った。

「ヴェラとぼくはもう一緒じゃない」

モーガンはまじまじと彼を見た。「あなたは……離婚したの？　あなたは彼女を奥さんだって……」

ブルーの瞳に突然浮かんだ輝きを、ジェイソンは自分の気のせいにちがいないと思った。「香りのついたシーツと乗馬服の持ち主は誰かときかれたから、誰のものだったか話したんだ。細かい話をすることは頭になかった」

瞳に輝きが宿っていたとしたら、それは今や消えていた。モーガンは静かな声で言った。「離婚は決して楽じゃないわ」

「経験から言っているのか？」

「まさか。結婚の経験はないわ。奥さんのことはお気の毒だわ、ジェイソン」

「気の毒がることはない。離婚してよかったんだ。オースチンで、ヴェラはシックスゲート牧場にいたときよりずっと幸せに暮らしている。いずれにしても、彼女には新しい相手がいるんだ」

「あなたは寂しいでしょうね」

モーガンの口調にある同情の気配に、ジェイソンは腹を立てた。「まさか」

「カウボーイたちに囲まれているし、彼らはみんないい人たちだわ。ハンクでさえ、彼なりに。でも、それでも……」モーガンは言葉を切った。

ジェイソンには彼女が何を言おうとしているのかわかった。「女性がまわりにいないのをぼくが寂しがっていると思っているんだな。だが、寂しいと思ったことはない。一瞬も」彼はそっけなく答えた。「女は問題を引き起こす。ぼくは身をもってそれを知った。望むものはすべて持っている。ほかに何もいらない」

「わたしに何か警告しようとしているみたい」

「警告？　そうだな、当たっているかもしれない。ヴェラはぼくの金目当てに結婚したんだ。しばらくのあいだ、ぼくを愛している、牧場に暮らすのを気に入っていると、ぼくに信じこませた」

「事情が変わったの？」

「百八十度ね。日ごと、ヴェラの目には牧場が耐えがたい場所になっていった。何もかも変えたがり、つまらないものを家中に飾った。出ていったとき持っていかなかったものは捨てた。乗馬用の服とあの香りのついたシーツ以外はすべて。シーツは、きみが来るまであそこにあるのを忘れていた」

「ヴェラが家を飾りたがったのが、そんなにひどいこと？」

「それだけなら悪くない」ヴェラは家の中を変えたがったばかりか、生活のすべてを変えたがった。ジェイソンに牧場を離れさせたがり、ダラスやオースチンのような都会に暮らしたがった。二人はたがいに折りあえず、ヴェラは自分の望むものが得られないとわかると、やがて出ていったのだ。

一瞬ためらったあと、モーガンは言った。「それで、あなたは傷ついたのね」

「ああ……彼女に道理を説こうとしたが、うまくいかなかった。ヴェラは牧場を出ていき、さっさと別の男を見つけた。ぼくよりもっと自分の好みにあった相手を」

「辛辣《しんらつ》なのね」彼女はしばらくして言った。

「辛辣？　現実的だと言いたいね。ヴェラは愛しているふりをしていただけで、ぼくは彼女にだまされていたんだ」ジェイソンの声音は変化し、きっぱりしたものになった。「ぼくは二度と女性に傷つけられることはない。誰にもだ」

「そんな女性ばかりじゃないわ」

「ぼくにとってはそうだ。ヴェラのようでない女性にはまだ会ったことがない」

「一度ひどい経験をしただけで、すべての女性がいやになってしまったの？」

ジェイソンは超然とした顔をして、モーガンを見た。「きみの考えているように、いやになってはいないさ。きみは、口がすぎるとわかっているといいが。ぼくは誰にも劣らず正常だ。腕に抱いた女性の感触、肌に接する女性のやわらかな体が好きだ。そうしたものは大好きさ。だが、自分の人生に女性は欲しくない。二度とごめんだ」

「あなたは女性に機会を与えていないわ。頑固な人ね、ジェイソン。女性はみんなヴェラと同じだと決めつけてしまっているのよ」

「違うと、ぼくに証明してみたらどうだ」

モーガンは彼を見つめた。その顔があまりに包み隠しがないため、ジェイソンは彼女の心の中で荒れくるっている怒りや興奮や奇妙な荒々しさの入りまじったものを感じとった。彼女の頬は上気し、瞳は輝いている。ほかの女性がかきたてるのに成功したことのない欲望がジェイソンのうちにわきあがり、モーガンの顔を見つめるうち、自分の望みは彼女を腕に抱き、二度と放さないことだけだと知った。

「証明してみせるわ」モーガンはそっと言った。

「どうやって?」

「わたしの知っている方法でよ」

彼女は近づいてきたかと思うと上体をかがめ、まだ椅子にかけていたジェイソンに唇を重ねた。

彼はたちまち体を硬直させた。全身が燃え、脈打つ。そして、モーガンが上体を起こして離れようとしたとき、自分のほうに引っぱった。それは明らかに予想外だったらしく、モーガンは倒れこみ、彼の膝の上にうつぶせになった。

そして今度は、ジェイソンが彼女にキスをしていた。激しく情熱的に、これまでどんな女性にキスしたよりも情熱的に。腕はモーガンのやわらかな体をかかえ、両手は彼女の全身を探る。神経という神経、細胞という細胞は完全な結びつきを求めて叫んでいたが、同時に抑制する必要にも気づいていた。やがて、ジェイソンは顔を上げた。ほんの一秒だけのつもりで、モーガンから唇を離す。

　モーガンはその瞬間をとらえ、顔をあおむけてジェイソンを見た。「これはどういうこと？」彼女はささやくような声で言った。

「よくそんなことがきけるな」

「わからないわ……」

「よせよ、モーガン。きみが始めたんだ」

「わたしはあなたにキスしただけよ。ごく軽く」

「女性はみな同じじゃないと証明するためにね」

「そのとおりよ。こんな激しい反応は予期していなかったわ」

「何を予期していたんだ？」

「その……たった今起きたようなことじゃないわ」

「いいかい、モーガン」ジェイソンの口調は慎重だった。「わかっているべきだ。男性を誘惑しにかかったら、いつもどんなことにも備えているべきだと。筋書きは、必ずしもきみの描いたように運ぶとはかぎらない」

「筋書きなんてなかったし、あなたを誘惑しようとしたりもしなかったわ」

「そうかい？」ジェイソンはせせら笑った。

「そうよ！　正反対だわ。女性は、たくらんだり操ったりしようとするばかりではないと証明しようとしていたのよ。あなたに同情を示していたんだわ」

「同情？　最近ではそんな呼びかたをするのか？」

　彼はもう一度モーガンを自分に引き寄せようとした。だが、彼女はジェイソンに逆らい、ゆっくり彼の膝からおりた。そして、椅子に戻らず、立ったまま彼を見おろしていた。

「まだわからないのね、ジェイソン？」

　ブルーの瞳を燃やし、怒りに頬を染めたモーガンは、これまでにも増して美しい。誰にも負けず陰謀家なだけでなく、危険な女だと忘れないようにしなくては。「きみもヴェラと同じだ。どんなことを証明しようとしていたにせよ、証明してみせたのはその正反対だ」

「いやな男！」

ジェイソンは声をたてて笑った。「キスを楽しまなかったとは言わなかったよ」

「最低」手が反射的に彼の顔のほうへ伸びた。

「それはよしたほうがいい。きみが女性だからといって、ぼくが仕返ししないだろうなんて思わないことだ」

やっとのことで、モーガンは手をおろした。顎は不自然なほど上がり、背すじはまっすぐ伸びている。

「あなたは同情に値しないわ」彼女は乱れた声で言った。

「きみに判断してもらわなくてもいい」

それでも、モーガンはさらに続けた。「ヴェラがあなたのもとを去ったのも不思議はないわ。女性なら誰だって、愛と優しさをはねつける男性のもとにとどまるのは大変だと思うわ」

黒い瞳が、モーガンの視線を受けとめた。「愛だって？」

モーガンはその問いを無視した。「あなたに近づこうとした女性はみんなはねつけられるんだわ」

「きみは近づきたいと言っているのか？」

「とんでもない！　気が違ってでもいないかぎり、そんなことは思わないわ！」

「そうかな、モーガン？」

ジェイソンはぱっと椅子から立ちあがって二人のあいだの距離をつめ、モーガンに逃れる機会を与えず、唇を重ねた。小さなこぶしが胸をたたいているのに気づいたとき、彼は情熱的なキスをやめ、顔を上げた。

「本当に最低な男！　くずだわ！」

「少しばかり、芝居がかっていやしないか？」

「芝居がかっている？　あなたにキスしたことでわたしを責めておきながら、そのすぐあとで荒っぽいまねにおよんだじゃない！　女性が寄りつかないのも当然よ」

　日に焼けた肌の下で、ジェイソンはかすかに青ざめた。「言葉に気をつけるんだな、モーガン」

「ひと言だって引っこめないわ！」

　モーガンの瞳はにじんだ涙で光り、キスしたくなるような唇は震えている。ジェイソンは女性の泣くのを見るのが大嫌いだった。ヴェラは自分の思いどおりにならないといつも泣いた。最初は泣かれると動揺したが、しばらくすると涙に心を動かされないすべを学んだ。

　モーガンは喉をごくりとさせ、涙を押し戻そうとまばたきしている。その様子を目にして、ジェイソンは胸が締めつけられた。

「これで、きみは牧場を出ていくだろうね」部屋を出ようとしたモーガンに、彼は言った。

　彼女はすぐには答えなかった。ジェイソンはほっそりした肩がしゃんとし、小さな頭がもたげられるのを見つめた。ゆっくり、モーガンは彼のほうに向き直った。

「出ていくつもりはないわ」モーガンはこわばった声で言った。「今ごろはもう、わかっていていいはずよ。好きなだけ意地悪するといいわ。でも、わたしの夢をだいなしにはさせないわ」

4

モーガンは翌朝、最初の乗馬レッスンを受けた。カウボーイたちに朝食を出したあと母屋へ戻ってくると、ジェイソンが待っていた。彼が居間のソファの上に出しておいた乗馬用の服装一式を見て、モーガンは目をみはった。

ジェイソンはその驚き顔を目にして、にっこりした。「例の夢をまだなくしていないね？」

「もちろん」

「牧場をちゃんと見る唯一の方法は馬に乗って回ることだと言っただろう？」

モーガンが彼に向けた目つきは、疑っているようだった。明らかに、彼女はこんな親しみを見せるジェイソンを予期していなかったのだ。何か予期していたとしたら、たぶん争いだろう。

「忘れていないわ。でも、わたしはてっきり……」

「ゆうべ、ぼくをあれこれののしったあとでは、申し出は白紙になったと思った？」

「そんなようなことね」

ジェイソンの目がきらきらした。「きみとはおさらばできないらしい……一カ月は」どういうわけか、彼は最後のひと言をつけ加えるのが必要だと思った。

「そのとおりよ！」

「ではしたくをしたほうがいい。暑さがひどくなる前に、早くスタートしよう」

モーガンが馬屋に入っていったとき、ジェイソンは馬に鞍《くら》をつけていた。彼は手をとめ、モーガンが近づいてくるのを見つめた。彼女が着るとヴェラの服はなんと違って見えるのだろう。モーガンにはセンスがある、とジェイソンはしぶしぶ認めた。そのセンスのよさは服の着かたというより、仕事への適応ぶりや声、ほほえみ、しぐさによく表れている。それは、モーガンという女性のかけがえのない一部なのだ。

　モーガンが二頭の馬の大きさにあまりに圧倒された様子なので、ジェイソンは笑ってしまった。「馬に乗ったことがあると言ったじゃないか」

　彼女はしぶしぶ白状した。「この二頭よりずっと小さかったわ。ポニーといったほうが当たっているわ」

「カウボーイの孫がポニーに？　ほとんど犯罪的だな。お祖父《じい》さんが知ったらなんと言っただろう」

「想像がつくでしょ？」モーガンは笑って言った。

「確かに想像がつく」ジェイソンはそっけなく答えた。「お祖父さんがきみに乗馬を教えなかったのが、不思議でならない」

　モーガンの瞳が曇った。「そのわけは話したわ」

「それで、今この二頭を目にして、とても大きいと思っているわけだ。考え直したかい、モーガン？」

「とんでもない！」

「だったら、きみは騒乱《メイヘム》に乗るといい」ジェイソンは二頭のうちの小さいほうを身ぶりで示した。

「メイヘム？　物騒な名前ね。わたしをさっさと片づけようという気？」

　ジェイソンは笑って言う彼女に応《こた》えて笑い返した。

「メイヘムは名前にそぐわない性質だ。牧場でいちばんおとなしい馬の一頭だよ」にんじんと角砂糖をモーガンに渡した。「これで友達になるといい」

　モーガンが手ずから馬に食べ物をやったあと、ジェイソンは二頭の手綱をとり、馬屋の外の柵《さく》囲いに入った。

　モーガンに基礎的な指示を与えたあと、彼は言った。「ほとんどは聞いたことがあるだろう？」

「ええ。祖父が愛する馬の話をするのに何年も耳を傾けていたんですもの」

彼はモーガンに向かって苦笑した。「きみを退屈させたっていうことかな」

「まさか、退屈なんかしていないわ！」

こちらを見る彼女の表情！　瞳にあふれる熱意、かすかに開かれた唇、赤いブラウスの下で上下する胸。またしてもジェイソンは欲望がわきあがるのを感じた。結局のところ、彼女と乗馬するのは間違いだったかもしれない。

「用意はいいか？」ややぶっきらぼうな口調で、ジェイソンは尋ねた。

「ええ、いいわ！」

彼は片手をモーガンの腕にあてがい、もう一方で彼女の脚をあぶみに導いて、馬にまたがるのを助けた。彼女に触れたとき強い欲望を感じ、必要以上に長くウエストに手をかけたままにしておきたいという誘惑にかられたが、もう驚かなかった。その気持ちに負けなければいいのだ。

ジェイソンはモーガンを見あげた。「いいか？」

彼女は輝くような笑みを返した。「準備オーケーよ」

「まだ、馬は大きく思えるかな？」

「巨大に見えるわ」

「怖いか？」

「なぜ？　あなたがついていてくれるでしょう」

こびを売っているか挑発している気配はないかとジェイソンはモーガンの顔を探ったが、どちらも目につかない。彼女の瞳には、喜びの輝きと完全な信頼の表情があるだけだ。その瞬間、彼は自分が命をかけてこの娘を守るだろうとわかった。危険を察する感覚が戻ると同時に、これは逃れられない運命だという、恐ろしい予感にとらわれた。

「じゃあ、出かけよう」ジェイソンはぶっきらぼうに言い、自分の馬にまたがった。

二人は低木地帯を縫って走る小道を進んでいった。道幅のあるところでは並んで馬を進め、幅が狭くなったところではジェイソンの乗った馬が先に立ち、一列になって進む。

　モーガンの目で改めて牧場を見ると、低木の群がる平原を馬で抜けていくのは、ジェイソンにとって新しい経験となった。四方は見渡すかぎり、草をはむ数千頭の牛たちのための放牧場だ。

　ジェイソンは馬をとめ、モーガンが追いつくのを待った。「どうだい？」

「すばらしいわ、ジェイソン！」

「お祖父さんが描写したとおりかい？」

「ほとんどぴったりだわ。距離や広さや自由の感覚が。広大な空に果てしない低木地帯、地の果てのさらに先まで伸びているように見える地平線」

　モーガンの熱意は伝染した。少しして、ジェイソンは言った。「見るところはまだたくさんある。きみはかろうじてうわっつらを撫《な》でただけだ」

「わかっているわ」モーガンは魅力的な笑みを彼に向けた。「それこそが、ここに一カ月滞在したい理由なのよ」

　自分のしかけた罠《わな》にはまってしまった、ジェイソンは内心苦笑しながら思った。だが、なぜかモーガンにも自分にも腹が立たなかった。

「あそこにいる牛はなんていう種類？」

　モーガンはたくさん質問をし、気がつくとジェイソンはそのひとつひとつに答え、さまざまなことを話して聞かせていた。モーガンは知的で思慮深い質問をし、ジェイソンが答えるときは、興味深げな表情で静かに耳を傾ける。

　長いことひとりでいた——ヴェラと結婚していたときでさえ、本当の意味ではひとりだった——ジェイソンは、自分が女性と一緒にいてこれほど楽しめるという事実に、目から鱗《うろこ》の落ちる思いだった。

モーガンを肉体的に意識しないときは一瞬もなかったが、今やさらに仲間意識と、彼女を話し相手にする喜びも加わった。

ジェイソンは自分の思考の流れに気づいて体をこわばらせた。多くの点でモーガンはヴェラと違っているが、それでも彼にとっては先妻と同じくらい悪い相手だ。いや、もっと悪い。ヴェラよりずっと深く彼を傷つけることができるからだ。

ジェイソンは不意にひどく腹が立ってきた。モーガンが夢を追求するためにシックスゲート牧場を選んだことに、そして彼女にこれほど影響を与えるのを許した自分自身に。道はここでは広く、容易にくつわを並べて進んでいけたが、ジェイソンはサンダーの腹をひとけりして先に立った。物思いにふけっていたために木立に気づかず、目にしたときは木々にとり囲まれていた。彼はサンダーの速度をゆるめ、振り返ってモーガンを見た。

「頭を下げろ！」

どなられて、モーガンは頭を低くしたが、十分ではない。とげのある危険な枝が彼女の目の前に低く張りだしていた。

ジェイソンはとっさに判断した。サンダーの向きをすばやく変えてメイヘムの隣に並び、手綱をつかむと同時に、モーガンの頭を馬の首にぴったりつくまで押しつけた。ジェイソンもサンダーの首に頭をつけたまま、二頭の馬を進めた。

木立を抜けだしたとき、ジェイソンは安堵《あんど》のため息をついた。モーガンの頭を押さえていた手はどけたが、メイヘムの手綱は放さなかった。

「体を起こしていい」

モーガンはにっこりして彼を見あげた。「助けてくれてありがとう。あんなに早く行動してくれなかったら、馬から投げだされていたわ」

「ぼくは木立に気づくべきだった」

「急だったんですもの」

「それは言いわけにならない。ぼくはこの牧場の隅から隅まで知っている」

　驚くべきことに、モーガンの瞳は輝いていた。ほかの女性だったら動揺しただろうが、彼女は気分が高揚した様子だ。かえって今の経験を楽しんだかのようだった。

　ジェイソンは、放しかけていたメイヘムの手綱を放す代わりに、その手に力をこめた。モーガンのほうへ上体を傾けていったとき、彼女の表情が変わった。唇から小さな舌がのぞき、頬が急に上気する。彼がキスしたがっているとわかったのだ。ふたたび、怒りがジェイソンを危機から救った。

「木立につかまったのは、ぼくが悪かった」彼はうなるように言った。「だが、きみはどうなんだ？　馬に身を伏せるだけの知識もなかったのか。お祖父さんは、大切なことを何も教えなかったのか？」

「ほかの人間に教わるのがいちばんだと思った物事もあったのかもしれないわね」

　挑発的ともとれるひと言に、ジェイソンは思わず彼女に身を寄せた。顔にかかるモーガンの温かな息が感じられるほど近く、唇は彼女の唇からわずか数センチしか離れていなかった。たやすく唇を重ねられただろう。だが、不意に彼は思いだした。モーガンは都会の女以外の何物でもないと。低木地帯を抜けるこの乗馬も、あとで友人に話して聞かせる経験にすぎず、彼女はすぐにここからいなくなるだろうと。最後の瞬間に、ジェイソンは体を引いた。

　長いことたがいに見つめあうあいだ、二人の周囲の空気は電気をおびたように張りつめた。唐突にジェイソンはメイヘムの手綱を放し、サンダーをギャロップで走らせて先に立った。彼らは二度と並んで馬を走らせず、馬屋に戻るまでひと言も言葉をかわさなかった。

皿を手に、ジェイソンは沈んだ顔で家から出てきた。「スコット」名前を呼んでもスコットは来ない。ジェイソンは、最近老犬が大半を過ごす松の木陰に向かった。前脚に頭をのせて寝そべっていたスコットは、ジェイソンが近づいていくと目を開けて耳を立て、やや疲れたようにとはいえ、陽気に尻尾《しっぽ》を振った。「昼めしだぞ」犬のわきの地面に皿を置きながら、ジェイソンは言った。

スコットは鼻をくんくんさせたものの、体を起こそうとしない。ジェイソンは心配そうな表情で、もはやあまり食べ物に興味を示さなくなった犬に餌《えさ》を食べさせようとした。彼の愛するペットのスコットは、年をとりつつあった。

ふと人の気配に気づいて頭をめぐらすと、モーガンがそばにいた。

「モーガン……気がつかなかった」ぼくを見つめながら、彼女はいつからそこにいたのだろう？

「ごめんなさい」モーガンは低い声で謝った。「邪魔をするつもりはなかったの」

「わかっている」

彼女はさらに近づいた。「スコットは病気？」

「ぐあいがよくないんだ」

「かわいそうに。何か打てる手はないの？」

「スコットの問題は病気じゃない。とても年をとっているというだけだ」

「そして、あなたは彼を助けようと手を尽くしているのね」

ジェイソンはモーガンの顔に浮かんだ同情を目にして顔をそむけたが、瞳に浮かんだ苦痛を彼女に見られてしまったあとだった。

「つらいわね」

「わかっているみたいな言いかただな」

「ええ。わたしも猫を飼っていたことがあるもの」

モーガンは低い声で話した。「愛するペットのこういう姿を見ながら、どうすることもできないのは本当につらいわ」

　ジェイソンは返事をしなかった。胸にあふれ、喉にこみあげてきた苦痛のために口がきけなかった。モーガンがこれ以上質問しないでくれるといいと思った。会話をする気分ではなかった。今この瞬間、彼は犬と二人きりになりたいだけだった。

　モーガンはそれ以上何も言わなかった。彼女は静かに向きを変え、その場を立ち去った。一瞬、ジェイソンはほっそりと優雅で女らしい後ろ姿を見送った。ふたたびかがみこんできつく唇を結び、指に少し餌をすくった。

　いまいましい女だ！　こちらが守りをかためたと思うたび、その守りをすり抜けてしまう。「気をつけないと、彼女がここを去るとき、ぼくは寂しい思いをするだろう。彼女はとても頑固で、大事な夢の話をやめない。でも、出ていかせる方法が何かあるはずだ」ジェイソンはスコットに話しかけた。

　ただひとつ、手があった。

「牛のかり集めだ」数日後、ジェイソンは言った。

「本当に？」彼を見あげた顔は、熱意にあふれている。

　その熱意も、重労働とともに消えてなくなるだろう。一日が終わるまでには、ミス・モーガン・ミュアはシックスゲート牧場を早々に立ち去りたがるにちがいない。

　美しいブルーの瞳の興奮した輝きにジェイソンは心を鬼にし、冷たい表情を保った。「カウボーイの孫娘のきみには、牛のかり集めの説明はするまでもないな」

「もちろんよ！　祖父の話には欠かせなかったわ。群れから子牛を離して、焼き印を押すのよ。ずっと見たいと思っていたの」

「見て気持ちのいいものじゃない。映画で見るようなものとは違う。ぞっとするかもしれない」

ジェイソンが次々に発する警告に、モーガンはいたずらっぽい笑みをのぞかせた。「一か八《ばち》かチャンスにかけてみるわ」

「暑いし、ほこりっぽいぞ」

「前にも、そんな不吉な警告を聞いたような気がするんだけど」

「それに、ただ見物についていくだけだと思ったら間違いだ。きみは仕事をしに行くんだ」

「すばらしいわ！」

モーガンは、ちっとも彼の予想どおりに反応しなかった。「重労働だぞ。それも炊事場のようにエアコンのきいたところじゃない」

「炊事車ね？　すばらしいわ！」

「甘い考えを持たないことだ」目を輝かせるモーガンに、ジェイソンはとげとげしく言った。「炊事車で働くのは少しもすばらしくなんかない。中は焼けつくように暑くなるが休む暇はない。牛のかり集めは大変だ。カウボーイたちは始終食べ物と飲み物を欲しがるだろう」

「わかったわ」信じられないことに、彼女は相変わらずほほえんでいる。「あれから文句は出ていないでしょう、最初の夕食以来？」

「出ていない」少しして、ジェイソンはしぶしぶ答えた。それどころか、カウボーイたちはモーガンの料理を口々にほめそやしていた。

「今度もなんとかするわ」

この娘に話を通じさせる手はないのだろうか？

「どうなるか見てみよう」ジェイソンは言った。

炊事車は、昔から牛のかり集めのあいだに使われてきたキッチンだ。動き回る牛の群れから少し離れたところにすえつけられ、その中で料理人はカウボーイたちの食事を調理する。

近年、シックスゲート牧場ではその伝統は中止になっていた。炊事車の厳しい条件のもとで働くには、ブレントが弱りすぎたためだ。ジェイソンは彼の父親の代から働いている老カウボーイに好意を持っていたから、ブレントの代わりを見つけるつもりはなかった。そこで多少の変更をすることにした。牛のかり集めのとき、ブレントはエアコンのきいた炊事場で前もって食べ物を用意し、カウボーイたちはそれをたずさえていくのだ。

モーガンも一日分の食事を前もって用意しておいてもよかった。だが、そうさせなかったのは、彼女がほかの何物にもくじけないとしても、炊事車にはくじけるだろう、と思ったからだ。

翌朝、ジェイソンはモーガンと一緒に馬屋をあとにした。それは、スコットに餌を与えていたところへ思いがけなくモーガンが現れたとき以来、二人が一緒に時を過ごす初めての機会だった。ジェイソンは、自分が彼女をわざと避けていたのをモーガンに悟られただろうかと思った。わかっていたとしても、モーガンはそれについて何も言わなかった。

メイヘムの背にまたがった小柄な姿にときどき目がいくとき、ジェイソンは自分がモーガンと一緒にいられずどれほど寂しかったかに気づいた。そんなふうに寂しいと思う気持ちは、少しもうれしくなかった。一カ月が終われば、モーガンはシックスゲート牧場をあとにする。それを忘れずにいなくては。

カウボーイたちは夜明けから放牧場に出ていた。モーガンとジェイソンが牛のかり集めの行われる現場に着いたときにはもう炊事車はすえつけられ、彼らは鼻と口をほこりよけのバンダナでおおって、すでに仕事に励んでいた。モーガンは鞍の上で熱心に身を乗りだし、周囲の活動を眺めた。

「仕事を始める前に、少し見物したいだろうね？」

「ぜひ！」

これは彼女が牛のかり集めを見物する唯一の機会になるだろう。ジェイソンはガイド役を務め、モーガンが祖父からしばしば話を聞かされていたらしい場面について、できるだけ見せたり説明したりした。彼女は炊事車の近くの小高い丘の上から、魅了された様子で牛のかり集めの模様を見守った。

ジェイソンは、もう十分見たと彼女が言うのを今か今かと待っていた。だが、モーガンはその言葉を口にして彼を満足させることはなかった。何もかも見ようとひどく熱心だった。

「ぼくも仕事にかからないといけない」しばらくして、ジェイソンは言った。「ここにひとりでいて大丈夫かな？」

モーガンはにっこり笑いかけた。「もちろんよ」

「男たちは、まもなく食べ物を欲しがるだろう」

「すぐにも料理にかかる用意はできているわ」

ジェイソンは腕時計に目をやった。「あと三十分見物していていい。それから、ぼくは戻ってきて、きみを炊事車のところへ連れていく」

丘の上の見晴らしのいい地点から、モーガンはひとりで牛のかり集めの作業を見られるのをうれしく思った。働いているジェイソンを観察する機会ができたからだ。今や彼女の視線はジェイソンだけにそそがれ、彼が群れの中に馬を乗り入れたり出したりするさまを見守った。一度など、彼は群れから逃げだした子牛を追いかけ、馬を走らせながら投げ縄を投げて器用にロープをかけ、自分のほうに引きあげた。その様子を見守りながら、モーガンは胸をときめかせていた。そして、ばかげたことに、自分がジェイソンの腕に抱かれている子牛をうらやんでいることに気がついた。彼の腕の中こそ自分のいたいところなのだ。

ジェイソンに感じているものが愛だということは

ありうるかしらと、モーガンはこの数日で一度ならず思いめぐらした。愛ではありませんようにと心から願っていた。自分の片思いなのは明らかだったからだ。ジェイソンが、最近彼女を避けている様子を見るだけでわかる。恋する男は、決してそんなことはしない。

それでも、今ジェイソンを見守っているうちに、モーガンはもはや自分自身に真実を隠しておけなくなった。彼女はジェイソンに恋していた。深く、情熱的に恋していた。恋したくなどないのに。わたしを追い払いたがっているだけの男に。

丘の上の居場所から、一日中でも見物していられただろうが、あっというまに三十分たち、ジェイソンが戻ってきた。馬から飛びおりたとき、日に焼けた腕の筋肉が波打ち、黒い瞳が輝く。

強烈な、圧倒するような欲望がモーガンをわしづかみにした。つま先立ち、唇をジェイソンの喉に押しつけたい、体を手でなぞり、探ってみたい。その欲望のあまりの激しさに、彼女は震えた。ジェイソンに会うまでは、誰にもこうした感情をかきたてられたことがない。本能は、ほかの男性にこんなふうに感じることは決してないと告げていた。

言葉もなくモーガンは彼を見つめ、メイヘムに拍車をかけた。仕事につくときだった。

ジェイソンの言葉は誇張ではなかった。炊事車の中は暑かった。あまりの暑さに、少しのあいだモーガンは頭がくらくらした。だが、暑さに負けるつもりはなかった。彼女は顔と首と手首に冷たい水をかけ、食事のしたくにかかった。すぐにカウボーイたちは食事にやってくるだろう。そして、彼らは来た。チャーリーが、そしてハンクが。彼女は普通に話しかけられたことには答え、失礼な言葉は冷ややかに無視し、あつかましい目つきで露骨に顔や体を見られたときは超然とした態度を保ってそつなくやり過ごした。

ジェイソンが炊事車に現れ、モーガンははっとした。彼はとても大きくパワフルで、その存在は狭い空間を支配している。きちんとしていてもセクシーだが、カウボーイの服が汗で濡《ぬ》れている今は抗しがたいほど魅力的だ。モーガンは思わず彼のほうに一歩足を踏みだしかけ、はっと体を引いた。衝動に屈し、彼の額にかかった湿った髪をかきあげたりしたら、ジェイソンはわたしのことを頭がどうかしたと思うだろう。

少なくとも一分ほど、ジェイソンは彼女を見おろして立っていた。両手を腰に当て、彼女の顔を穴のあくほど見たあと、視線を体に移す。モーガンは彼の顔にさまざまな表情が浮かんでは消えるのを目にしながら、何を考えているのかわかったらと願った。ふたたび彼女の顔に視線を戻したとき、ジェイソンの目は真剣だった。

「何か食べます？」奇妙な緊張感を破るためにことさら軽い口調で、モーガンは尋ねた。

「食べる？」食べ物のことは頭になかったというように、一瞬ジェイソンは驚いたようだったが、肩をすくめた。「そうだな、食べようか」

モーガンは彼がチリをひとさじ口にするのを見守った。「どう？」

「うまいよ」

「そう？」このときまでには緊張感もやわらいでいて、彼女は笑うことができた。「チャーリーは、これまで食べた中で最高のチリだと言ったわ。しかも、ハンクまでがけっこういけるって」

ジェイソンの表情がきつくなった。「ハンクはかなり前にここへ来たはずだ。また来たのか？　どんなことを言った？」

「特にこれといって」

「どうして嘘《うそ》だという気がするんだろう？」

彼がハンクに一発くらわせたいと感じているのは明らかだった。

「あなたがなぜそう思うのか、さっぱりわからないわ」彼女は軽くかわしてから続けた。「ハンクについて話してもしかたがないでしょう？　得るに値しない力を彼に与えるだけよ。いずれにしても、あなたはハンクをどうすることもできないわ」

彼をくびにする以外はねとモーガンは思い、ジェイソンの心にも同じ考えがよぎったのが本能的にわかった。

「あなたはそうしたくないのよ」モーガンは言い、ジェイソンが驚いたようにさっと顔を上げると、また笑った。「いいえ、わたしは読心術者じゃないわ。でも、あなたの顔は表情に富むこともあるわ。わざとポーカーフェイスを装っていないときはね。そして、今は陰気な顔だわ。とにかく、チリの味はいかが？」

「巧みな話題転換だな」ジェイソンの表情は明るくなった。「いいよ。ハンクの話はせず、チリの話をしよう。うまかったよ、チャーリーの言ったとおり」

「それはどうも」モーガンは得意顔で言った。

「くたくたに疲れたかい？　すごい暑さだろう？」

「全然。それに、暑かったかしら」彼女は陽気に答えた。

「きみは嘘をついている、モーガン・ミュア」

ジェイソンは弱音を吐かせようとしているのだ。モーガンは瞳をきらきらさせて言った。「その手はきかないわよ」

「何を言っているのかわからないね」

「あら、わかっていると思うわ、ボス。今日はテストだったのよ。あなたはわたしをおじけづかせて牧場を出ていかせようとしているわ。でも無理よ、ジェイソン」

「本当かな？」

「ええ。ここが好き。だから、とどまるつもりよ」

「なるほど」

モーガンは彼ににっこり笑いかけた。「がっかりさせたわね」

「がっかり？」

「そうでないふりはよして。あなたは何かの理由から、わたしにとどまってほしくないのよ。でも、わたしはテストにパスしたわ。追いだす口実を与えなかったわ。それに、自分の意思でここから出ていくつもりもないわ」

いかつい顔に、判読しにくい表情が現れて消える。

「今日の経験を本当に楽しんだと言うんじゃないだろうな」ジェイソンは信じられないというように言った。

「楽しんだわ。一分一秒を」モーガンは声をたてて笑った。

「まだ一日にすぎない」ジェイソンは手厳しく言った。「長期間だったら、楽しんでもいられないだろう」

そう言われて、モーガンの中で何かが緊張したが、彼女はそれを顔に出さないようにした。そして、できるかぎり快活に言った。「誰が長期の話をしているの？」ジェイソンが答えなかったので、同じ快活な口調で先を続けた。「わたしは一カ月、祖父の暮らした生活を経験するためにここへ来たのよ。涼しいだろうとか、エアコンがきいているだろうとか、毎朝寝坊するだろうなんて思っていなかったわ。不平を言っているんじゃないのよ。これこそ想像した生活だわ。まさにこのとおりよ、ジェイソン。違っていてほしくないわ」彼に何も期待していないと証明するためにつけ加えた。「だからといって、長期滞在を考えたというわけじゃないわ」

ジェイソンの瞳は不吉に色を濃くし、唇はきつく結ばれた。

少しして、今度は少しあやふやに、モーガンは言った。「がっかりしているのね。わたしがテストにパスしたことを」

「そう思っているとしたら、うぬぼれているんだ」ジェイソンの口調がとげとげしかったので、モーガンは彼にぶたれでもしたように感じた。

ブルーの瞳は、不意に混乱の色を見せた。ジェイソンは、いったいなんのつもりでこんなことを言うのだろう？「わたしはただ……」

「何が言いたいんだ、モーガン？」

「あなたはわたしがテストに落ちると思ったのよ。でも、落ちなかった。明日も炊事車で働くわ」

いかつい顔はこわばっていた。「だめだ」

「なぜ？　わたしがちゃんと仕事をしなかったと言うつもり？」

「きみはちゃんと仕事をした」彼はしぶしぶ認めた。

「だったら、どうして？」

相変わらずきつく唇を結んだまま、ジェイソンは彼女を見た。口をききかけたように見えたが、考え直したらしかった。

「なんなの、ジェイソン？　教えてちょうだい」

「話すことは何もない」

「でも、あるわ。今朝は、わたしが炊事車で働くことに大乗り気だったわ。仕事の一部だと言って」

「そのとおりだが……」

「あれから何があったの、ジェイソン？　なぜ気を変えたの？」

「そんなことはどうでもいい」

「わたしにはどうでもよくないわ」

「どうでもいいんだ」ジェイソンは繰り返した。

モーガンはふとひらめいた。「あなたは本当に、わたしをおじけづかせて出ていかせようとしていたのね。今日のことはそのためだったのね」

モーガンの胸は苦痛のナイフに切り裂かれた。なぜ彼は、わたしをこれほど嫌うの？

「その手はきかないわ」彼女は力なく言った。

「そうかい？」

「ええ、ジェイソン。わたしはとどまるつもりよ」

「それはきみしだいだ」

「また炊事車で働きたいわ」

「すでにそれは断ったはずだ」

「わけを話してくれるつもりはないの？」

ジェイソンは一瞬ためらい、だめだと答えた。

「ジェイソン……」

「だめと言ったらだめなんだ」それ以上の議論を許さない言いかただった。

5

炊事車で働いた日から一週間後、モーガンはふたたび馬屋へ行った。ただ、今回はひとりだった。

彼女の頼みを聞くと、ジェイソンの馬の世話をしている若いカウボーイのベンは見るからに不安そうな顔をした。

モーガンは心配する彼を安心させようと、牛のかり集めの場所は一度行っているからわかっていると請けあった。「ひとりで行きたいのよ、ベン。ジェイソンともめることはないと思うわ。たとえそうなったとしても、責めは負うわ」

十分後、モーガンはメイヘムの背にまたがって、馬屋をあとにしていた。一時間ほどで、無事に目的の場所へやってきた。

一週間前ジェイソンと見物した丘の上でメイヘムをとめる。いちばん眺めがいいのは、丘の端にある積み重なった岩の上だ。長年風に吹かれたため、おじぎをしているような背の低い木にメイヘムをつなぎ、モーガンはひとりで岩場に向かった。

彼女を最初に目にしたのはチャーリーだった。彼は、丘の上でちらりと動く赤いブラウスを視線にとらえた。「やあ、モーガンがいる！」チャーリーの声が聞こえた。

ほかのカウボーイ数人が丘のほうを見たが、ジェイソンは違った。チャーリーたちから、かなり離れたところで馬を走らせていたからだ。ハンクが何か大声で言った。モーガンにははっきり言葉が聞きとれなかったが、あざけるような彼の表情とチャーリーの怒ったような体の構えから、何か卑猥《ひわい》な言葉だろうと想像がついた。仕事は忘れられ、今ではさらに多くのカウボーイが彼女のほうを見ていた。

ジェイソンも何かが起こりつつあると感じとったらしい。顔を上げ、自分の目が信じられないというように、モーガンをまじまじと見た。すばやく投げ縄をおさめると、丘に向かって馬を走らせてきた。

モーガンは彼を迎えに、いそいそと岩場を越えた。ジェイソンが馬をおりたときになってやっと、彼のむっつりした顔としゃちほこばった体の構えに気がついた。

「いったいここで何をしている？　きみは家を離れるべきじゃない」ジェイソンは彼女に話をさせず、激怒して言った。

「牛のかり集めを見に来たのよ」

「もう、見たじゃないか」

「一度だけだわ」

「一度で十分だろう」

「いいえ。あの日はほとんど炊事車の中にいたのよ。

また見に来たっていいでしょう」

「きみにそんな権利はない。来てもいいか尋ねるべきだった」

「尋ねる？　つまり……」怒りのわきあがる中、モーガンは慎重に彼の言葉を訂正した。「牛のかり集めを見に行きたいと、あなたにお願いすべきだったと言っているのね。いたらそうしていたわ。でも、話すことを思いついたときには、あなたはもういなくなっていた」

「だったら、家にいるべきだった」

「何をして？」危険なほど快活な声だった。

「女性がするようなことをしてさ」

「料理？　洗濯？」彼に向かって激しい口調で言葉をぶつけたとき、快活なふりはみじんもなくなっていた。「どれも全部すませたわ。みんなの朝食のしたくをして、お昼を作ってつめて、あなたの朝食を作ったわ。家の掃除もした。家の掃除は務めの一部ではないけれど、それでもしているわ」

「何が言いたいんだ？」

「思いつくあらゆることをしたけど、退屈なのよ。頭がおかしくなりそうなくらい退屈なの。それがわかって、ジェイソン？」

　ジェイソンの瞳は急に荒涼としたものになった。

「ああ、わかるとも」

「わかる？」モーガンの予想外の返事だった。

「ぼくらの結婚生活の問題のひとつは、ヴェラが牧場に退屈したことだった。退屈のあまり、彼女はハネムーンがすむやいなや牧場から距離を置き始めた。退屈するなら、そもそもきみはここへ来るべきじゃなかったんだ」

「いやというほど聞かされた話ね。聞きあきたわ」

　ジェイソンはどうでもいいというように肩をすくめた。「じゃあ、また繰り返してぼくの時間を浪費するのはよしてくれ」

冷ややかで、がんとしてゆずらない彼の口調に傷つき、モーガンはおかしくもなさそうな笑い声をあげた。「あなたは、わたしのことが嫌いでたまらないのね」

ジェイソンの黒い瞳にはたちまちシャッターがおり、表情を読むのが不可能になった。「嫌うというのは、目下のぼくの気持ちとは無関係だ。きみは牛のかり集めに来るべきじゃなかった。ぼくに無断でここへ来る権利はきみにはない」

モーガンはぐいと頭を上げた。「わたしは子供じゃないわ。することに、いちいちあなたの許可を得る必要はないはずよ」

「ぼくはたまたまきみの雇い主で、この牧場のオーナーだ」

「男性優位主義者でもあるわ。初耳だとか、その言葉の意味を知らないなんて言わないで」怒りにかられ、モーガンは彼に強い言葉を投げつけた。

「意味はよくわかっている。侮辱の言葉だ。思いどおりにならなかったときに、いつもヴェラが使った言葉だ」ジェイソンは一瞬口をつぐんだ。「男性優位主義者……きみはぼくをそう見ているのか？」

「わたしは自分の時間のすべてを、あなたの言う女らしいことをして過ごすべきだと考えているんでしょう？　ほかに、どう考えればいいというの？　わたしはカウボーイたちに料理を作るのが好きよ。でも、それはこの牧場にやってきた理由じゃないわ」

「忘れたかもしれないが……」ジェイソンは今ではずっと冷静になっていて、それゆえますます危険だった。「そもそも、メイヘムに乗って出かけるようきみに言ったのはぼくだった。ぼくがきみに乗馬を教えたんだ」

「一瞬だって、それは否定していないわ。どこに話を持っていこうとしているの、ジェイソン？　わたしがあなたに十分感謝を示していないとでも言いたいの?」

　ジェイソンがさっと前に進みでて、モーガンの顎をつかみ、やわらかな肌に指を食いこませた。「きみに感謝を期待したことは一度もない」

「じゃあ、何が言いたいの、ジェイソン?」

「きみが好機に乗じるとは思わなかった」

　彼の指が食いこんだ肌が燃えるようだ。モーガンはその感覚を無視しようとしながら、身をよじってジェイソンの手を逃れた。「好機に乗じる?」

「きみならなんと呼ぶ? ぼくが背を向けたとたんに、ひとりで馬に乗って出かけるのを。ぼくがそれをどう思うか、わかっていたはずだ」

　馬屋をあとにして以来初めて、モーガンは若いカウボーイのことを思いだした。ベンは、彼女がメイヘムに乗ってひとりで出かけるのをジェイソンはよく思わないだろうと警告しようとした。「ひとりでは無理だと思った?」

「きみは、何ごとにも対処できると示した」モーガンにそのお世辞を楽しむ暇も与えず、ジェイソンは言葉を続けた。「問題は、きみが女性だということだ。若くてきれいな。つまり、きみの外見が攻撃を受けやすくしていると注意しようとしているだけだ。ハンクのことだけじゃない。低木地帯にはどんなやからがうろついているかわからない」

「自分のめんどうは自分で見られるわ」

「その言葉は前にも聞いた気がするね。護身術とかなんとか」彼女の頬が赤くなるにつれ、ジェイソンの瞳はおかしそうに輝いた。

「自分の身は守れるわ、ジェイソン。いざとなったら、守ってみせるわよ」

「うまくいくといいね」その口調は、モーガンを信じていないと言っていた。言葉を続けるうち、ジェイソンの瞳のきらめきは消えた。「男たちが唯一の危険じゃない。きみは乗馬の上達がとても早かったが、それでもまだ経験不足だ」

「どんな危険が待っているか、教えてくれるつもりなのね。牛泥棒にさらわれるとか、蛇に襲われるとか。当てがはずれておあいにくさま」

　ジェイソンは腹立たしげにステットソンのつばを上げた。「どう言ったらわかるんだ？　低木地帯は見かけによらず危険だ。今日、きみは道を間違わなかった。だが、思いがけず道に迷ってしまう可能性だってあるんだ」

「ほかに話しておきたいことは？」

「二度とひとりでは馬に乗らないよう命令する」

「それで、もしひとりで乗ったら？」

「そうしたら、くびだ。この牧場を出ていくんだ。ブレントがいつ戻る予定だろうと。問答無用だ」

　数秒間、二人はたがいに見つめあった。ブルーの瞳と黒い瞳がぶつかり、からみあう。

　ふとジェイソンが言った。「それはそうと、誰がメイヘムに鞍《くら》をつけた？」

　モーガンは口を開きかけ、また閉じた。自分が困ったことになっただけで十分ひどい。ベンにまで、迷惑をかけるわけにはいかない。「ベンを責めないで。彼は行かせたがらなかったわ。わたしが彼に言ったのよ。あなたが怒ったら、責めは負うって……。ベンは困ったことになるの？　それはフェアじゃないわ」

「確かにそうだ。それにぼくは、きみが男たちにおよぼす影響をわかりすぎるほどわかっている。チャーリーやハンクに、そして……」ジェイソンは唐突に言葉を切った。

「そして？」彼女はささやくように言った。

　だが、ジェイソンは答えようとしなかった。「ベンは困ったことにはならない。もっとも、注意は受けるが。ブルーの瞳とあいきょうのある微笑に判断を狂わされるなと」そして、モーガンがその言葉に喜びを感じる前につけ加えた。「女性の手管は最強の男でさえ骨抜きにすると学ぶときだ」

　モーガンは彼の言葉にたじろいだ。いかつい顔は容赦なく、厳しい目は彼女の顔を穴のあくほど見つめる。なぜジェイソンはこれほどわたしを嫌うのだろうと、またしてもモーガンはいぶかった。

「手管って……。あなたは、わたしが人を操ると言いたいの?」

「違うか?　きみはこの牧場に来て以来、それしかしていない」

「違うわ、ジェイソン!　それは嘘《うそ》よ」

「事実だという証拠を挙げよう。まず、きみは歓迎されていないと知っていながら、ここにいる。今日は哀れな若者が叱《しか》られると承知のうえで、鞍をつけさせた。男をいいように操る。女の典型だな」

「あなたはわたしを前の奥さんと重ねあわせているのよ」

「ヴェラの話はするな」

　モーガンは急に気分が悪くなった。自分たちの投げつけあっている言葉の醜さや怒りがいやでたまらなかった。あふれそうになった涙をジェイソンに見られないように、顔をそむけた。泣き顔を彼に見せるわけにはいかない。

　涙を抑えたあと、モーガンは彼のほうを向いた。

「わたしの夢はどうなるの?」

「またその話か」ジェイソンはそっけなく言った。

「牧場を見る唯一の方法は馬の背にまたがって見ることだと、あなた自身が言ったのよ」

「ひとりでじゃない」

「それは、いつもカウボーイのひとりにつきそってもらうよう頼まないといけないということ?」

　その問いに、なぜかジェイソンはこぶしを握りしめた。「どうしても馬に乗るなら、ぼくと一緒に乗るんだ」

「そんなのばかげているわ。あなた以外の誰か……チャーリーとかが一緒に馬を走らせたいと思ったら、それはかまわないでしょう？」

「馬に乗るなら、ぼくと乗るんだ。それ以外はだめだ。わかったか、モーガン」

「でも、ジェイソン……」

「承諾するしないはきみの勝手だ。これ以上この話をするつもりはない。もうすでに時間を浪費した」

それだけ言うと、ジェイソンは馬首をめぐらし、彼女から離れて丘を下っていった。

数分後、ジェイソンは牛のかり集め作業の忙しい中に戻っていた。モーガンはさらに高い岩場にのぼり、丘の下の光景がもっとよく見える位置に陣どった。ひとりでの乗馬をジェイソンに禁止されたのだから、これが牛のかり集め作業を見物する最後になるだろう。モーガンは目の前のシーンを記憶に焼きつけようとした。

それから三十分あまりたったころだった。不意にパニックに襲われたいななきが聞こえた。ぱっと振り返ると、馬がつながれていた木から手綱を振りほどこうとしていた。

「メイヘム！　どう！　とまれ！」

彼女はできるだけ急いで岩場をつたいおりたが、駆けだした馬をとめるには遅すぎた。岩場をおりきったときにはメイヘムはすでに丘から離れ、猛烈なスピードで去っていくところだった。馬をおびえさせるような、いったい何が起きたというのだろう？

不吉ながらがらという音を耳にして、モーガンは凍りついた。足を動かさずに、首をめぐらせる。蛇だ！　メイヘムがつながれていた木に近い。がらがら蛇だった。体には菱形《ひしがた》の紋があり、尻尾《しっぽ》を立てている。全身の血が凍りついた。落ち着いて。震える息を吸いながら彼女は自分に言い聞かせた。どうしたら蛇をよけて通れるだろう。するとそこに、一頭の馬と乗り手が丘を全速力で駆けあがってきた。

「メイヘムが悪魔にでも追いかけられているように走っていくのが見えた」声の聞こえるところまで来ると、ジェイソンが叫んだ。さらに近くまで来たとき、この暑さにもかかわらず彼が蒼白《そうはく》な顔をしているのがわかった。「きみはメイヘムにしがみついているかと思ったよ。低く張りだした枝に引っかかったり、メスキートの茂みに落ちたりしてるんじゃないかとも。ばかな女だ！　牛のかり集めに来るべきじゃなかったんだ。きみはずばりトラブルだ」モーガンの必死の訴えを無視して、彼は言いつのった。「きみがまだ丘の上にいると気がついて、こっちへ走ってきた。いったい何があったんだ？　なぜメイヘムは急に駆けだした？」

モーガンは指さすことしかできなかった。

ジェイソンは即座に蛇を目にした。次の瞬間、上体をかがめたかと思うと彼女を腕にすくいあげて鞍の前部に乗せ、耳もとでささやいた。「じっとして」

前脚をかいている馬からいくらも離れていないところで、蛇がかま首をもたげ、襲いかかる動きを見せた。ジェイソンが到着していたからよかったものの、そうでなかったらどうなっていただろう？　自分のさらされていた危険の大きさが身にしみるにつれ、モーガンは激しく震え始めた。

丘のふもとまで行くと、ジェイソンは馬の手綱を引き、モーガンは首をめぐらして彼を見た。二人の目が合ったとき、彼女は相手の瞳の中にこれまで見たことのないものを見て、思わず息をのんだ。いつもは自分の感情に鉄の抑制を課している男性の激しい情熱がむきだしになっていた。モーガンは、自分の瞳がうるみ、唇が開いたことも気づかなかった。そして、抱かれたがっている女のように見えることも。

ジェイソンの吐く荒い息が頬に熱くかかり、回された腕の筋肉に力がこもる。二人は視線をからみあわせ胸を高鳴らせて、緊張したまま身じろぎひとつできなかった。ショックの最悪のときが過ぎ、モーガンはジェイソンの腕の中にずっととどまっていたいという思いに圧倒されていた。

ジェイソンはさっと馬からおりた。「ここを動くな。すぐ戻ってくる」彼はモーガンを鞍から抱きあげて地面におろすと、ふたたび馬首をめぐらして、牛や馬やカウボーイたちのいる方向へ馬を走らせていった。

数分して戻ってきたジェイソンが手綱を引いて馬をとめた。ふたたび二人の目が合った。だが今度は、彼の目になんの表情も浮かんでいない。喉もとの脈が激しく打っているが、彼の心のうちはまったくわからなかった。

最初に沈黙を破ったのはジェイソンだった。「きみを家に連れて戻る。カウボーイたちに言いに行ってきた」

「いやよ、ジェイソン！」モーガンは思わず叫ぶように言ってから、穏やかな口調で続けた。「わたしがひとりで馬を乗り回すのにあなたが反対なのはわかるわ。二度としない。でも、もうここに来ているんだから、このままいられない？」

「残念だが、だめだ」

「どうして？」

「いい考えじゃない」ジェイソンはしびれを切らしたように言った。「きみはぼくの時間を浪費している、モーガン。わかっているんだろうな？　きみをがらがら蛇から救ったり、家へ連れ戻したりするために。それよりカウボーイたちの仕事を手伝って過ごすほうがはるかに有効な時間の使いかただと思わないか？」

「怒っているのね、ジェイソン。蛇のことは申しわけないと思っているわ」モーガンは静かに言った。

「でも、わたしはここに残って、牛のかり集めを見ていたいのよ」

「きみに選択の余地はない」

モーガンはあきらめなかった。「なぜ戻らないといけないの？　ひとつちゃんとした理由を言って。暑さやほこりのことなんか言わないで。どちらもわたしは気にかけないと知っているはずよ」ジェイソンににらまれても、ひるまずに言いつのった。「ひとつ理由を言って、ひとつだけでいいわ」

「危険だ」ジェイソンはきっぱり言った。

「これだけ人や牛が動き回っているのよ。あたりにもう、がらがら蛇はいないわ」

「牛がいつ向きを変えてきみのほうに向かってくるかわからない。牛の暴走に巻きこまれたくはないだろう」

「カウボーイたちは群れをとてもよくコントロールしているようだわ。それに、いざとなったらわたしは足が速いわ。ちゃんとした理由があるとしても、あなたはまだそれを示してくれていないわ」

少しして、ようやく彼は答えた。「カウボーイたちのことがあるからだ」

これが本当の理由だったんだわ。「あの人たちの気を散らさないと約束するわ」モーガンはゆっくり言った。

「きみには決して守れない約束だ。この牧場に来て以来、きみは彼らの気を散らし続けている。しかも、十分承知のうえでだ」

「わざとじゃない。一度だってわざとじゃないわ」

「そうかもしれない。だが、結果は同じだ。最近では、小屋の雰囲気が変わってきた。炊事場でも。きみが来るまでは、カウボーイたちは一度も外見を気にしたことがなかったのに、今では食事に来る前に髪を撫《な》でつけている」

「まあ！」ブルーの瞳が、いたずらっぽく輝いた。

「知らなかったわ。放牧場で一日働いたあと、みんなはいつも身だしなみをととのえるんだと思っていたわ」

「必要のないことだ」

　モーガンはほほえんだ。「彼らが自分自身にプライドを持っているのを、あなたは喜んでいるとばかり思っていたわ」

「プライドの問題じゃない。セックスの気配だ」

「セックス！」モーガンは大声を出した。

「そうさ。彼らのほとんどは、自分たちにチャンスはないとわかっている。だからといって、自分を印象づけようとするのはやめない。きみが来て以来、炊事場は羽根づくろいする雄鶏《おんどり》の小屋状態だ。みんなが、一羽の雌鶏《めんどり》の関心を引こうと競っている」

　モーガンは吹きだした。「今までに妙な名前で呼ばれたことはあるけど、雌鶏と呼ばれたのは初めてよ。あなたは大げさに考えすぎだと思うわ。みんなが食事の前に少し身ぎれいにしたがったとしても、たいしたことじゃないでしょう？」

「緊張につながるとしたら問題だ」ジェイソンはむっつりした顔で言った。「きみが牧場に現れる前、毎週土曜の晩に町へ繰りだすのが、彼らが女性と接触する唯一の機会だった。今ぼくたちが話しているのは、野外で重労働をする男たちのことだ。彼らはバーでの数杯のビールと地元の酒場でのダンスで満足していた。ビールとダンスだけでなかったとしても、深刻なものではなかった」

「何を言おうとしているのかよくわからないわ」

「きみが牧場にいることが、すべてを変えた」

　モーガンは、考えこむようにジェイソンを見た。

「ここには女性がいたことがないような言いかたね。エミリーの名前を聞いたことがあるわ」

「エミリーは決して問題にならなかった」

「ヴェラはどうなの？　波風を立てなかったの？」

「ヴェラはカウボーイたちに近づかなかった」

「ボスの妻だったから？」

「それもあるが、ヴェラはカウボーイが好きじゃなかったと言うにとどめておこう」

　モーガンは彼を見つめた。ジェイソンが結婚した女性。彼は今もどれくらいヴェラを恋しく思っているのだろう。大切なことのすべてがかけ離れていた相手と、どうして結婚することになったのだろう。だが、モーガンはそれを彼に尋ねることはできなかった。少なくとも、この瞬間は……。

「ヴェラは損をしたわね」彼女はきびきび言った。「だって、ひとりをのぞいて、みんなすばらしい人たちですもの」しばらく黙っていたあと、つけ加える。「わたしがこのまま残って見物していたら彼らの心を乱すと、本気で思っているの？」

「投げ縄で牛をつかまえたり、焼印を押したりするのは危険な作業だ。カウボーイたちは、集中を乱されるわけにいかない。一瞬の気のゆるみも命とりになりかねない」

「それが唯一の理由？」

「蛇のこともある」一瞬の間を置いて、彼は答えた。

「あれは丘の上よ。ここからは離れているわ」

「一匹いれば、ほかにもいる可能性がある」

　モーガンは身震いした。「わかった。帰るわ」だが、どこにも車がない。「車で戻るんじゃなかったの？」

「馬に乗っていく」

「どういうことかわからないわ。だって、メイヘムがいなくなってしまったのに……」

「ぼくの馬に乗るんだ」モーガンの驚いた顔を見て、ジェイソンはつけ加えた。「ぼくと一緒に」

　モーガンの心臓は急に激しく打ち始め、その音があまり大きかったので、牛や馬やカウボーイたちの騒がしさにもかかわらずジェイソンに聞こえるのではないかと思った。

「今度は、ぼくの後ろに」彼はそっけなく言った。

モーガンは赤い顔をし、黙って鞍に乗せられた。

「しっかりつかまるんだ」ジェイソンに言われ、彼女はそのとおりにした。

大きな馬が低木地帯をギャロップで走り抜けるあいだ、モーガンは腕をジェイソンのウエストに回した。走るにしたがい、腕にますます力がこもる。彼の背中に頬をつけ、モーガンは目を閉じた。

馬がギャロップから速歩《はやあし》へ、最後にいちばん遅い並歩《なみあし》へと速度を落としたとき、モーガンはようやく目を開けた。いつのまにか柵《さく》囲いの中にいて、馬屋に近づきつつあった。彼女は自分たちが家のすぐ近くに来ていたことにさえ気づいていなかった。

馬屋にはすでに鞍をはずされたメイヘムがいた。モーガンはほっとした。メイヘムが自分で馬屋まで戻れるか心配していたのだ。

ジェイソンの背中から顔を上げ、モーガンは彼のウエストに回した腕をゆるめた。ジェイソンが馬からひらりとおりたとき、彼女は背すじを伸ばして座り直した。彼は片手を腰に当て、もう片手で手綱を握り、モーガンを見あげた。なぞめいた表情をしているジェイソンの内心を推測するのは不可能だった。不意にその表情が消え、瞳が輝き、唇の両端がおかしそうにつりあがった。

ジェイソンはわたしが彼の背中に顔をつけていたのにずっと気づいていたのだと悟り、モーガンの頬はたちまち上気した。恥ずかしくなって、ジェイソンと目を合わせられなかった。

「どう、モーガン?」彼は優しく尋ねた。

彼女は鞍の上でもじもじした。「どうって?」

「遠乗りを楽しんだかい?」

「悪くなかったわ」モーガンは喉がからからだったにもかかわらず、なんとか答えた。

ジェイソンは声をたてて笑った。響きのいい低い笑い声は、彼のほかの部分と同じくらいセクシーだった。「それ以上だったという気がするんだが。悪くないどころではなかったんじゃないか？」

言葉よりも、彼の口調にモーガンは全身が震えた。この問いに答えるべきかどうか……。いずれにしても、彼女は答えを口にすることはできなかった。

モーガンが馬からおりようとしたとき、ジェイソンはウエストに手をかけ、鞍から抱きあげた。しかし、すぐにはおろさず、持ちあげたままでいる。モーガンの足は、地面から十五センチあまり離れていた。体重が軽いとはいえ、そんなふうに彼女を数秒以上持ちあげていられるのは力の強い男性だけだ。ジェイソンはなんの努力も払っていないように見える。

「ぼくも楽しんだ」ジェイソンが唇に触れそうなほど口を近づけて言ったので、温かな息がモーガンの唇にかかった。「二度とひとりで遠乗りに行くんじゃない」

「行かないわ」

「もし蛇に襲われ、助けてくれる人間が近くに誰もいなくてかまれていたら、と想像してごらん」

蛇という言葉を聞いて、モーガンは身震いした。

「よして！　ジェイソン……ジェイソン、おろしてちょうだい」

その言葉が聞こえなかったかのように、彼はモーガンをさらに抱き寄せた。「そうなったら、ぼくはどんな気持ちになると思う？」

「少し厄介をかけたかしら？」彼女はなんとか快活に答えた。「わたしが蛇に襲われていたら、あなたにはいろいろ用事ができていたでしょう。牛のかり集めの場から引き離されることにもなったでしょうし」

「口が減らないんだな」ジェイソンの声にはそっけ

なさと皮肉が奇妙に入りまじっていた。

「おろして、ジェイソン……」

「すぐおろす」彼はとげとげしく言った。

モーガンは身をよじっておりようとしたが、彼の手の中では人形のように無力だった。

ゆっくりと、ジェイソンはモーガンにキスした。じらすようなとても軽い口づけだった。モーガンはもっと深い口づけを求めて叫びださずにいるのがやっとだった。

「おろしてちょうだい」彼女は哀願した。だが、ジェイソンは野性的な笑い声をあげただけで、ふたたびキスした。今度はさっきよりずっとそそるようなキスだった。モーガンの体を燃えあがらせ、痛いほどの欲望で満たす。その欲望のあまりの激しさに、彼女は震えだした。

あとになって、モーガンは自分たちがどれくらい長くキスしていたのかわからなかった。これほど興奮したことはかつて一度もなかったということしかわからなかった。したいことといったら、ジェイソンと家へ駆けこみ、たがいの服を急いで脱ぎ捨て、愛をかわしたいということだけだった。

だが、ジェイソンは違う考えのようだった。彼はいきなり唇を離したかと思うと、モーガンを乱暴に地面におろした。数秒後、彼は馬に飛び乗るや、来たばかりの道を駆け戻っていた。

モーガンは震える指を、燃える唇に押し当てた。彼にすべてを与えていたかもしれないところまでわたしの欲望が高まったときに、ジェイソンはなぜ抱擁をといたのだろう。彼はわたしの気持ちがわからなかったのかしら？

感情が麻痺《まひ》し、ぼうっとしたまま、モーガンは馬と乗り手が低木地帯に消えるのを見守ったのち、モーガンは向きを変え、家のほうへ歩いていった。

6

　ジェイソンが電話に出たのは、モーガンと朝食をとっている最中だった。

「話があるのよ、ジェイソン。どうしてもあなたと話したいの」ヴェラの、あまりに聞き慣れたからみつくような口調を耳にして、彼はたちまち緊張した。

「またにしてくれ」ジェイソンはぶっきらぼうに言った。

「ジェイソン、お願い。わたしたちは話しあう必要があるわ。それに……」

「話しあってもむだだ」

　ジェイソンには、なぜヴェラが電話してきたかわかっていた。この数週間、何度かかかってきていたのだ。それも、いつも同じ目的で。短い結婚生活のあいだにヴェラの声の調子に慣れ、それほど気にならなくなっていた。だが最近、ヴェラの声とまったく違う、低く優しい調子のととのった声に親しんだからか、彼女のすがるような声は、ジェイソンをいらだたせた。

　思わずモーガンのほうを見た。彼女はその視線を受けとめ、立ちあがってドアのほうへ向かった。

「モーガン……」ジェイソンは自分が電話中だったことを忘れて呼びとめた。

「モーガン？　新しい男を雇ったの？」ヴェラがきいた。

　モーガンは尋ねるようにジェイソンを見た。「個人的な電話のようね。邪魔したくないわ」

　その声が、電話の向こうに伝わったにちがいない。

「モーガンって女なの？　そこに女がいるの？」

　ジェイソンは部屋にいるよう、モーガンに身ぶりで合図した。

「わたしは質問をしたのよ、ジェイソン」ヴェラの声はヒステリックになりかけていた。

「今は都合が悪いんだ」ジェイソンは哀願するヴェラをさえぎり、また別のときにとそっけなく言って受話器をおろした。また電話が鳴ったが、今度は無視した。

電話が鳴りやんだとき、モーガンは言った。「ごめんなさい、でもどうしても聞こえてしまったの。何かのトラブル?」

ジェイソンはテーブル越しにモーガンを見た。その瞳は澄んでいて、視線は落ち着いている。興味を持ってはいるが、詮索《せんさく》するようではない。彼はモーガンにもう少しで打ち明けそうになった。

「トラブル?」ジェイソンは肩をすくめた。「たいしたことじゃない」

モーガンは彼にほほえみかけた。「深刻な問題でないならいいのよ」

「いらだたしいというだけだ」ジェイソンはコーヒーを飲みほし、立ちあがった。「出かけないと」

キッチンをあとにしかけた彼を、モーガンは呼びとめた。「昨夜、柵《さく》がどうとか言ったわね」

彼はつややかな髪を手ですいた。「ああ。柵が壊れた。かなりひどいようだ。人手の足りないのが残念だ」

「ひとりで修理するつもり?」

「見てみるまでわからない。いずれにしろ、できるだけのことをするさ」

「手伝うわ」モーガンは衝動的に申しでていた。

「きみが?」ジェイソンは信じられないというように彼女を見つめた。

「金物店でアルバイトしたときにかなづちの使いかたを覚えたし、自分の住まいの修理もほとんど自分でするわ。だから、柵の修理を手伝えると思うの」

ジェイソンは、彼女の華奢《きゃしゃ》な腕に目をそそいだ。

「申し出はありがたいが、けっこうだ」

「せめて一緒に行かせて。牧場の別の部分を見る機会ができるわ」

彼女のかたわらで午前中を過ごすと考えるだけで喜びがわき起こる。だがジェイソンはそれを押さえつけて、首を左右に振った。

モーガンはあきらめなかった。「お願い、一緒に行かせて。お願い、ジェイソン」

彼を怒らせたのは、〝お願い、ジェイソン〟という言葉だった。その瞬間、モーガンにヴェラとの問題を打ち明けなくてよかったと思った。結局、ヴェラもモーガンも同じなのだ。二人とも自分の要求にあくまでこだわり、望むものを得るまで決して男を放そうとしない。

「きみはほかにすることがあるはずだ」ジェイソンはぶっきらぼうに言い、モーガンが反論するのも待たず、むっつりした顔で家をあとにした。

「ここで何をしている?」十分後、モーガンが馬屋に入っていくと、ジェイソンは問いつめた。

「一緒に行くつもりよ」今度は宣言だった。

ジェイソンの目はきつかった。「さっき、だめだと言ったはずだ。きみの手は必要ない」

「必要なくても、ついていくわ」モーガンはにっこりして彼を見あげた。「放牧場へ出られるのに、家で一日じっとしているなんてぞっとしないわ。牧場で過ごせる時間はいくらも残っていないんですもの。ブレントがまもなく戻ってくるから、あなたはわたしを厄介払いできるわ」

その口調は熱意にあふれている。モーガンが彼の腕に手をかけてきたとき、ジェイソンは筋肉が引きしまるのを感じた。

「あの電話がかかって以来、あなたは怒っているみたい。話の内容は知らないけれど、わたしに八つ当たりしないでほしいわ」

「きみの決心はかたいようだ。まもなく牧場をあとにすることでもあるし、来てもいい」傲然《ごうぜん》と、ジェイソンはモーガンを見おろした。「必要なものをとってくるんだ」

「馬屋の外に置いてあるわ」

「じゃあ、用意してきていたのか」

　モーガンは挑むような顔をして彼を見た。「そうしていけないってことはないわ」

「いつも自分の思いどおりにする人間をどう見るかによる」ジェイソンの口調はそっけなかった。

　その意味では、モーガンは別れた妻と同じだ。モーガンもヴェラも、結果がどうなろうといちずに自分の望みをかなえようとする。ひとつの型で作られた二人の女性だ。だが、不快を感じていたにもかかわらず、ジェイソンは違いに気づいた。ヴェラは何かを欲しがると、甲高い声で泣き言を言ったものだ。ところが、モーガンは違う。瞳は愉快そうに輝き、頬に血がさしてばら色になる。モーガンは自分の望むものを手に入れるために全力を尽くすかもしれないが、そうするあいだ、決して泣き言を言ったりしないだろう。

　一時間以上馬を走らせたところで、二人は問題の柵のところへ来た。ジェイソンが壊れぐあいを調べ始めたとき、モーガンは馬をおり、今度は気をつけてメイヘムをしっかりつなぎとめた。

「ひどい？」そばに近づきながら、彼女は尋ねた。

「かなりひどいな。ぎざぎざになった縁が見えるかい？　迷いでた子牛がけがをするかもしれない。事故が起きないうちに直さなくては。だけど……」

「だけど？」

「この壊れかただと、ひとりでは直せない。手伝ってくれる人間が必要だ」ジェイソンはむっつりした顔をしていた。「こんな状態のままにしておくのはいやだが、誰か手伝いを見つけて、出直すしかないな」

「わたしが手伝うって言ったはずよ」

「もってのほかだ」彼は口をきくあいだも、柵から目を離さなかった。

「わたしは本気よ、ジェイソン」

やっと彼は顔を上げた。「問題外だ」

だが、モーガンは説得を続けた。「あなたが作業するあいだ、柵の壊れた部分を持ちあげているわ。並んで修理をしてもいいし」

ジェイソンがためらっていると、モーガンの美しい笑い声が暑い空気に響きわたった。「わたしがかなづちを使えると、信じていないのね？」

「本当に使えるのか？」

「使えなかったら、使えるなんて言わないわ」モーガンは優しくつけ加えた。「女性に偏見を持っているみたいね。わたしたちは、飾りものというよりはるかに価値のある存在なのよ。料理と掃除と育児のしかたを知っている人間という以上の。あなたにとっては信じがたいかもしれないけれど、女性が上手にできることはほかにもあるのよ」

「きみは、相変わらずぼくを男性優位主義者と考えているらしい」ジェイソンは皮肉っぽく言った。

「今回は、あなたが自分で言ったのよ。わたしじゃないわ」モーガンはほほえんでいた。

ジェイソンは最後にもうひと押しした。「柵の直しは、きみの務めにない」

モーガンはまた声をたてて笑った。「いつもどおり、わたしの気をくじく方法を探しているのね。わたしは手伝いたいのよ、ジェイソン」

彼はモーガンを見おろした。ヴェラの乗馬ズボンをはいた華奢な姿を。汗をかいて湿ったブラウスがそそるように体に張りつき、つばの広い帽子の下からは、おもしろがっているような輝く瞳がいきいきと彼を見あげている。

「手伝わせてくれる、ジェイソン？」

結局、彼はモーガンに手伝わせた。

修理にはかなり時間がかかった。ときどき、彼女はジェイソンがいぶかしげに見ている目をとらえ、そのたびに勝ち誇った目で彼を見返した。

「とても楽しんでいるみたいだね」ジェイソンはぽつりと言った。

「あなたが気づいているよりずっとね」

「きみには、ぼくの知らない点がたくさんあるな」ジェイソンは考えこむように言った。

モーガンは彼を見た。「わたしだって、あなたのことをあまり知らないわ」

「今夜、一緒に食事をしてくれるかい？」そう尋ね、ジェイソンは自分に驚いた。

「わたしたちは、毎晩一緒に食事をしているわ」

「町でだよ。まずまずのレストランを知っている」

モーガンは瞳をきらめかせ、ジェイソンに笑いかけた。「柵の修理を手伝ったお礼？」

「一夜の外出、語りあう機会さ」

モーガンの瞳の輝きがさらに増したが、答えたときの口調はさりげなかった。「いいわね」

そんなわけで、その晩二人はモーガンが炊事場の仕事を終えたあとジープを走らせ、牧場の一方の端に接する小さな町へ向かった。

食事は申し分なかったが、会話はさらにすばらしかった。牧場を離れた場所で、二人は出会って以来、初めて自由に話すことができた。

モーガンはジェイソンの話に熱心に耳を傾けた。彼はシックスゲート牧場に生まれ、牧畜業のあらゆる面を学びながら青年時代を過ごした。経営の苦しかったある時期、父親は亡くなった。彼は粘り強さを発揮し、がむしゃらに働いて状況を好転させ、牧場を現在の成功に導いたのだった。

次はジェイソンが話を聞く番だった。彼は静かに、あまり喜びを感じず、モーガンが自分のキャリアの話をするのに耳を傾けた。一分ごとにひとつのことがますますはっきりしてきた。望んだとしても、二人の世界がまじわることは不可能だということだ。そして、彼は望んでいなかった。考えるのすら危険だった。

二人は音楽やスポーツ、世界情勢などについても話し、たがいの育ちの違いにもかかわらず、なお共通の興味を持っていることに気づいて驚いた。

彼らがレストランをあとにしたときはかなり遅くなっていた。この晩を終わらせたくはなかったが、朝早くから仕事が始まる。やむをえないとわかっていた。二人は寄り添い、充足を求める激しい飢えを感じながら、ジープのところまで歩いていった。

ジェイソンがモーガンのために車のドアを開けようと身を乗りだした拍子に、腕が彼女の胸をかすめた。瞬間、二人は身動きひとつせず立ちつくした。モーガンの胸の先はたちまち張りつめて息づき始め、彼の呼吸は浅くなった。

ジェイソンが体を寄せてきたとき、モーガンはかすかに唇を開けて彼を見あげた。「ジェイソン?」ささやくように言う。「ジェイソン、お願い……」

ジェイソン、お願い。その日すでに何度か聞いた言葉だ。身勝手な要求とともに、ヴェラから。どうして、ぼくは忘れていたのだろう?

モーガンはヴェラと同じくらい脅威だ。それどころか、ヴェラよりもっと危険だ。モーガンの美しさはぼくをとりこにし、ガードをおろさせる。彼女はブルーの大きな目で相手を見つめ、その瞳におぼれたいという気にさせる。優しくカーブを描いた唇でほほえみかけ、この世で何より望むのはその唇にキスすることだと思わせる。

ぼくは今夜、これまでどの女性にも言ったことのないことをもう少しで言いそうになった。モーガンが自分の世界に戻ったとき、都会の友人たちと笑うようなこと……単純な牧場主の感じたり言ったりしたことを。

ジェイソンは唐突にドアから離れた。そのすぐあと、モーガンはわけがわからないという顔で、ジープに乗りこんだ。

帰りの車には、緊張がみなぎった。ジェイソンは背すじを伸ばし、きつくハンドルを握って座り、モーガンは座席の反対端に座った。暗い顔をした彼女を一度ちらりと見たきり、ジェイソンはふたたびそちらを見なかった。彼らは帰り着くまでずっと無言だった。

家に戻ってジープを降り、並んで母屋へ歩いていくとき、彼らが今晩分かちあった一体感は跡形もなくなっていた。

家に入り、ジェイソンが言った。「おやすみ」なんの感情もこもっていない口調だった。

「おやすみなさい」モーガンも挨拶《あいさつ》を返したが、その声は低く、今にも泣きだしそうに聞こえた。

泣かないでくれ、ジェイソンは心の中で哀願した。彼女が泣いたら耐えられないとわかっていた。

モーガンに背を向けて歩きだすと、彼女が呼びとめた。「ジェイソン……」

彼は振り返った。「なんだい？」

「なんなの？　どうしたっていうの？」

ジェイソンは体をこわばらせた。この質問を予期しているべきだった、質問の答えを用意しておくべきだった。「なんでもない」

「嘘《うそ》だわ」モーガンはせっぱつまったように言った。

「ジェイソン、何があったの？」

ジェイソンは肩をすくめた。これから愁嘆場になりそうだと察せられた。ヴェラにいやというほど愁嘆場を演じられたが、二度と繰り返したくなかった。ことに、モーガンを相手には。

「夜も遅いし、ぼくたちは二人とも早く起きないといけない」ジェイソンは冷淡に言った。

「どうしたのか教えてもらうまで、ベッドに行くつもりはないわ！」

緊張が高まる。モーガンを夕食に誘うべきではなかった。ジェイソンは後悔した。柵の修理に連れていったのが間違いだったのだ。

「わからないのか？　なんでもないことをいつまでも騒ぎたてないでほしいね」

「でも、なんでもないわけないわ。どうしてそうはぐらかそうとするの？　わたしたちは楽しい晩を過ごしたわ。すばらしいゆうべを。とてもうまくいっていたわ。車のところへ着いて……様子が変わるまでは。わたし、あなたの気を悪くするようなことを何かした？」

ぼくにきみを求めさせた。二人は決して同じ世界に属しえないということを、危うくぼくに忘れさせるところだった。それに、ぼくを見て、〝ジェイソン、お願い〟と言う、その言いかた……。

「いいかげんにしてくれ、モーガン」

「わたしのしたことや言ったことが原因だとしたら……」モーガンの声はわずかにつまった。

廊下は暗かったが、ジェイソンには居間の明かりで彼女の顔が見えた。唇はかすかに震え、瞳には涙がにじんでいる。傷つきやすい小さなその顔は、彼がこれまで目にした中で最も魅惑的なものだった。

ジェイソンは彼女を引き寄せ腕に抱き、涙を払いたくてたまらなかった。モーガンを愛したい。

愛という言葉に彼はたじろいだ。ぼくは彼女を愛していない、決して愛することはない。ジェイソンは無意識のうちに彼女のほうへ一歩踏みだしていたが、今度は意識的に体を引いた。

「きみはなんでもないことに大騒ぎしている」彼はとげとげしく言った。「ぼくたちは楽しいゆうべを過ごした。それでよしとできないのか?」

数秒間、ジェイソンは緊張して待っていた。

モーガンは胸を張り、顎を上げて明るく言った。

「何も問題なくてよかったわ。すてきな晩をありがとう。あなたの言ったように、楽しいゆうべだったわ。おやすみなさい、ジェイソン」

翌朝、モーガンが炊事場から母屋に戻ってくると、キッチンにジェイソンがいた。

「おはよう」モーガンが声をかけた。

「ああ」

いつもは一緒に朝食をとるのだが、今朝の彼は先にすませたらしい。

「急いでいるんだ」そう言うと、ジェイソンはコーヒーを飲みほしてキッチンを出ていった。

モーガンは窓際に立ち、馬屋のほうへ決然と歩いていく後ろ姿を見守りながら、ジェイソンを理解できたらと思った。日を追うごとに、彼を愛する気持ちはますます深まっていく。その力強さタフさ、ときおりかいま見せる、胸を引き裂くような優しさ。いかつい顔に輝く黒い瞳。ほかのどの男性にも感じたことのない熱情を感じさせる、信じられないほどのセクシーさ。

だが、ジェイソンには別の面もある。思いがけないときに見せる、理不尽で容赦のない短気な面だ。昨夜、ジェイソンの気分を変える何かが起きたのは確かだ。彼はその話をしたがらなかったけれど。ひと晩中、モーガンはそのわけを考え、まんじりともできなかった。

不意にプライドが頭をもたげた。わたしはジェイソンを愛してしまったけれど、この愛は明らかに一方的なものだ。彼と話しあおうと力を尽くしても、成功しなかった。これから一生彼に恋いこがれて過ごすとしたら、わたしは愚か者だわ。

しばらくして電話が鳴った。電話の向こうにお気に入りの写真家の声を聞きつけ、モーガンはうれしくなった。

「やあ、モーガン。まずいときに電話をかけたんじゃないといいが」

「そんなことないわ、スタン。その反対よ。話を聞いてくれる親切な人が必要だったの」

「牧場で、ひどい扱いを受けているってわけ？」

「それどころか、とてもよくしてもらっているわ」

モーガンはスタンに打ち明け話をするのはやめにした。「ちょっと自分を甘やかしているだけなの」スタンが電話してきたのはこれが初めてではなく、彼の用件はわかっていた。「例の、あなたの作品選集《ポートフォリオ》の件ね？」

「そのとおり。せっついて悪いんだけど、締め切りがあるんだ。きみはどの写真がいいのか選んでほしいし。ポートフォリオにきみの写真を載せるのは、ぼくにとって、とても意味のあることなんだ」

「わかっているわ。もっと前に、どの写真を載せたらいいか言うべきだったわね。牧場の生活が忙しかったというのが、唯一の言いわけよ。カタログをとりだして、始めるわ」

「いつ、選び終える？」

「今週末でいいかしら」

「もっと早くは無理かい？」

少なからず後ろめたさを感じていたので、モーガンは約束した。「明日の朝には、あなた宛《あて》に送るようにするわ」

電話を切ったモーガンは、自分の部屋からデパートの宣伝用カタログをとってきた。三ページの水着写真をじっくり見ながら、額にしわを寄せて考えこむ。スタンの編集しているポートフォリオには、どの写真がいいだろう？　選ぶのは予想した以上に難しかった。モーガンは考えこむように、ゆっくりメモをとり始めた。

　時間を見ると、そろそろ食事のしたくにかかるころだった。一時間もすれば、カウボーイたちは疲れておなかをすかせ、食べごたえのある食事を期待して、放牧場から戻ってくるだろう。だが、まだ写真選びが終わっていない。そこで、カタログを炊事場へ持っていくことにした。食事のしたくのあいだにも、手のあく時間はときどきある。そのあいだ、メモの続きも書ける。カタログは、カウボーイたちがやってこないうちに片づけておこう。

　カタログにはそれぞれ違ったムードをとらえた十二枚の水着写真が載っていて、ブロンズ色の男性の腕が胸のすぐ下に回されたロマンチックな写真もある。モーガンはポーズを決めるのにどんなに時間がかかったか思いだしながら、この写真にいちばん長く目をとめた。ブロンズの腕の持ち主はダミアンといった。写真と違い、実際には情熱などかけらも存在しなかった。

　情熱は、退屈した男性モデルの両腕の中にはなかったんだわ。はがねのような筋肉をしたいかつい男……脈打つ体にぴったりわたしを抱き寄せ、全身に火をつける男の中にあったのよ。彼と愛を交わし髪に指をうずめ、体を探り、いつまでもキスしていたいという欲求をかきたてる情熱は……。

　モーガンは自分を叱《しか》りつけた。ジェイソンと情熱を燃やすのは不可能だと認めるべきよ。彼は本人にしかわからない理由で、それを望んでいないのだから。

　やかんの湯の沸く音に、モーガンは現実に返った。カタログを片づけ、料理に戻るときだった。

カウボーイたちは炊事場に姿を見せ始め、長いテーブルについて、モーガンが用意しておいた料理を食べ始めた。今では毎回大量に調理するよう気をつけていたから、いつも彼女の料理をほめる声があがる。

モーガンは、炊事場の妙な沈黙に気づいたのがいつだったかは、はっきりわからなかった。男たちの数人が、おかしな顔をして一方を見つめている。あたりの空気には緊張感と同時に、漠然とした興奮の雰囲気がある。不意にうなじの毛が逆立つのを感じ、モーガンは男たちが見ているのと同じ方向を見た。

ハンクが炊事場の一方の端で、とり巻きを集めていた。モーガンの写真の載ったカタログを開いて手にし、まわりに集まった数人に写真をちらりと見せては胸に押し当てて隠し、じらしている。

モーガンは体を硬直させた。全身が冷たくなり、自分が恐ろしい悪夢の中にいるように感じた。ハンクにカタログが見つけられたはずがない。みんなが炊事場にやってこないうちに、人目につかないようきちんと片づけたのだから。だが、この悪夢は覚めなかった。ハンクも現実なら、彼が手にしたカタログもそうだった。そして、彼女はカタログをとり戻す方法を見つけなくてはならなかった。

モーガンはハンクに向かって叫んだ。「それを返して！」

「いいとも、べっぴんさん」ハンクの目はいやらしく、表情は例のごとく好色そうだった。「返してやるよ……小屋で」

彼の意味したことに誤解のしようはなかった。頬に血がのぼったとき、モーガンの冷えていた体はかっと熱くなった。内心ひどい震えが起こり始めていたが、ハンクにこちらのおびえを悟らせるのはまずいとわかるだけの理性はあった。

「今、返すのよ！」モーガンは命令した。

「言っただろう、べっぴんさん。小屋で返してやるよ。おれのベッドの中で」

「返せよ」すぐそばで、チャーリーの声がした。

「引っこんでろ、若造」ハンクはあざけった。

モーガンはカタログめがけてとびかかったが、ハンクは彼女より動きが速かった。彼はカタログを背中に回し、もう一度トライしてみろと言った。

「今すぐ、それを渡しなさい」

だが、ハンクは笑っただけだった。不気味なほど静まり返った炊事場に、醜く卑猥《ひわい》な高笑いが響いた。

「条件はわかってるな、べっぴんさん。写真はとり戻せるさ、おれのベッドで、おれを楽しみながら」

露骨に彼女を眺め回すハンクの目つきに、モーガンは吐き気がこみあげた。

「写真は返すさ。写真なんかいらない。いつだって、実物を手にするほうがいい」

「よせよ、ハンク！」

だが、ハンクは自分よりも無口で小柄なチャーリーを無視した。「おれのベッドへ来いよ、モーガン。最高の時間を経験させてやるよ。ここに写っている色男を懐かしがらなくなるぜ」彼は、カタログの男性モデルを指でつつきながら言った。「どうだい、スイートハート？」

最初は、ほんの数人のカウボーイがハンクのまわりに集まっていただけだった。ほかの大半は、起こりつつあることにあっけにとられ、少なからず気まずい思いをしているかのように、テーブルについたままだった。ところが、炊事場の雰囲気は徐々に変わり始めていた。ひとりまたひとりとカウボーイたちはテーブルを離れ、いつしか全員がモーガンとハンクをとり巻いていた。

ハンクは自分が関心を集めたことを十分承知していた。威張り屋で目立ちたがりだから、みなの関心を楽しんでいた。彼は仲間のほうを向くと、わざとらしく唇をちゅっと鳴らした。「ここにある写真を見てみろよ」そこでまた、唇を鳴らす。「ナイスボディじゃないか、え？　男をめろめろにする。しかも、奪ってくださいといわんばかりだ」

「やめろ！」チャーリーが叫んだ。

「やめろって、何をだ？」ハンクはチャーリーを軽くいなした。「いったい自分に何ができると思っているんだ、若造？」そして、ほかのカウボーイたちに言った。「これはたいしたかわいこちゃんだぜ、みんな。なあ、モーガン、二人しておれの寝棚で何ができるかためしてみよう」そう言って写真にキスしたが、そのあいだもモーガンにそそいだ目を離さない。

　モーガンはふたたび体をこわばらせた。今度は恐怖のせいではなく、激しい反感と嫌悪のせいだった。

「寝棚へ行く用意はいいかい、べっぴんさん？」

ハンクはカタログを返すつもりはないのだ。返してほしいと哀願すればするほど、ますますいい気になるだろう。彼をそんな気にさせるわけにはいかない。この騒ぎに終止符を打つには、ひとまずこの場を離れるしかない。

　カタログはあとで必ずとり返す。でも今の異様な興奮がおさまってからのほうがいい。

　モーガンが炊事場をあとにしようとしたとき、室内が騒然とした。モーガンはぞっとして振り返った。怒りにわれを忘れ、チャーリーがハンクになぐりかかっていた。彼がモーガンの名誉を守ろうとしたのは初めてではないが、今回はこれまでのどんなときよりも激しかった。たちまちなぐりあいが始まった。

　モーガンはひとりのカウボーイのシャツを引っぱり、もうひとりの腕を引っぱって訴えた。「何か手を打って。けんかをやめさせるのよ！」だが、男たちは彼女を無視した。

けんかをやめさせるのは、いちばん力が強く、いちばん腹を立てた人間にまかされた。炊事場のやかましい音に引き寄せられたジェイソンは、一瞬のうちに事態を見てとった。すぐに、彼はなぐりあっている二人を引き離した。

「よかった、あなたが来てくれて！」血の気をなくし、泣きそうになって、モーガンはジェイソンのそばへ行った。

　ジェイソンは彼女を見おろした。けんかの原因はこれから突きとめなくてはならないが、けんかをしていた両人の性格を考えれば、この件にモーガンが何か関係していると推測するのは容易だった。

「出ていけ」ジェイソンは命令した。

「ジェイソン、わたしは……」

「今すぐ！」彼は荒っぽく言い、モーガンの腕をつかむと、炊事場の戸口まで連れていった。

「あなたにはわからないのよ。わたしはただ……」

「行くんだ、モーガン！」

「ハンクがわたしのカタログを持っているのよ。どうしてもそれをとり返さないと。わたし……」

「なんの話をしているのかわからないが、ここから出ていってほしい」ジェイソンはむっつりした顔で言った。「たった今」

　その口調で、モーガンは悟った。今度ばかりは命令に従うしかない。

7

「二度とハンクはきみを困らせない」

　モーガンは、炊事場から戻ってきたジェイソンを見た。さっきからずいぶん時間がたっている。これまで彼女は落ち着かず、何も手につかなかった。

「ハンクは謝ったの？」

「謝る？　ハンクが？」ジェイソンの笑い声は短く無情だった。「冗談だろう！」

「わたしはてっきり……。あなたは、二度とハンクがわたしを困らせないと言うけど、どうしてそう確信できるの？」ジェイソンがカタログをほうってよこし、モーガンはたじろいだ。「とり戻してくれたのね」

「ああ。とりあげようとチャーリーがハンクともみあったせいで、破れているが。ほかの男たちの手に渡らなくてよかった。彼らがそこに載っている裸の写真をどんなに喜んだか想像するといい」

「裸の写真なんて、一枚もないわ」

「そうか？　小屋の壁に男たちがとめているピンナップとくらべてもひけをとらないんじゃないか」

「そんな言いかたはひどいわ」モーガンはささやくような低い声で言った。顔は蒼白《そうはく》になり、唇は震えた。「ピンナップは故意に挑発するものよ」

「ここにある写真は違うというんだな？」

「ええ、違うわ。これはファッション写真よ。女性を対象に、水着の最新ファッションを見せるものだわ。決してピンナップ用じゃないわ」

　モーガンはハンクの手にしたカタログを目にした瞬間から気分が悪かったが、今ではさらに悪化していた。ハンクにどう思われようとあまり気にならないが、愛するジェイソンの意見は気になる。彼に軽《けい》蔑《べつ》されていると知るのはこたえた。

「ハンクのことだけれど……」

「くびにした」ジェイソンは仮借ない口調で言った。

　モーガンは信じられないというように彼を見た。

「わたしのせいで？」

「うぬぼれるんじゃない。起きたことのせいでだ。ぼくがきみの名誉を守ろうとしたなんて考えないでくれ」

「だったら、なぜ？」

　軽蔑を隠そうともしない、露骨に探るような黒い瞳が、モーガンの顔から喉、胸、さらに腰や腿へと移る。それは彼女を丸裸に、無防備にするような視線だった。

　モーガンはさっとあとずさった。反射的に両手を上げ、かばうように胸をおおう。「そんなふうに見ないで！」

「今の状況で、きみが上品ぶるのは少々ばかげているとは思わないか？　それに、何を隠そうとしている？　ナイスボディか？　なぜ隠す？　公開されているのに」

「公開されてなんかいないわ。少なくとも、あなたがほのめかしているようないやらしいふうには。モデルはわたしの仕事の一部よ。着ている服を見せるためにお給料をもらっているのよ。体を見せるためじゃないわ」

　ジェイソンは軽蔑の表情を変えなかった。

　モーガンは誇り高く顔を上げ、胸を張った。「わたしの仕事を恥ずべきだと思っているようね。わたしは恥じていない。大切に思っているわ」そう言って、胸に当てていた手をおろした。「ハンクの話に戻るけど、くびにした理由を聞かせてもらっていないわ」

「彼は和を乱した。けんかする男は雇っておけない。

当然、チャーリーもくびにすべきだった」

「そんな。ジェイソン、だめよ！　お願い、チャーリーはよして」

　ジェイソンはあざけるように言った。「安心していい。きみの大事なチャーリーの首はまだつながっている。ハンクはやめどきを知らなかった。二人とも牧場にとどまるのは無理だった。あれだけ感情が高ぶっていては、きみがいようといまいと、遅かれ早かれけんかが起きただろう。この牧場でけんかは許さない。それはきみにも言ったはずだ」

「みんなわたしのせいだと責められている気がするわ」モーガンは悲しげに言った。

「責めちゃいけないか？　こういうことが起こりうると警告しただろう。最初の晩、炊事場での騒ぎのときと、そのあと小屋から出ていくよう命令したときに」彼は容赦なく続けた。「男たちはきみをめぐってけんかをするようになるかもしれないと言ったはずだ。一度ならず、牧場を出ていくよう頼んだのに、きみは契約書をたてに、あくまでとどまると言い張った」

　ジェイソンの意地の悪い言いかたに、モーガンは気分が悪くなった。「ハンクがあの写真を目にしさえしなかったら……」彼女は低い声で言った。

「仮定の話をしてもむだだ。それより、なぜカタログが炊事場にあったかを聞きたい」モーガンがためらっていると、ジェイソンは続けた。「ハンクがきみの部屋にしのびこんでカタログを見つけるとは思えない。いくら彼でも、そんな危ないまねはしないだろう。きみが持ちこんだんだな？」

　イエスかノーかと返事を迫られ、モーガンは答えた。「イエスよ。でも……」

「ではわざとしたわけだ。きみは一ダースものセクシーな写真を持ちこんだ。めったに女性を目にする機会のない男たちのいるところへ」彼は、モーガンの抗議に耳を貸さずに続けた。「どんなことになるか、わかっていたに決まっている。無垢《むく》な処女ってわけでもなし。きみは世慣れた大都会の女だ。自分の体が男におよぼす効果を承知している」

「やめて！」モーガンは哀願した。

だが、ジェイソンの怒りはそう簡単にはおさまらなかった。「きみが小屋のベッドに入りこんだあの最初の晩、どういうつもりなのかときいた。あのときは、疑わしい点も大目に見た。今回はなんとしても聞かせてもらうぞ。男たちを興奮させようとしていたのか、どうなんだ？」

「もちろん、そんなつもりはなかったわ！」

「きみは、この牧場をあとにする前に一度だけ、自分の力のほどを見たかったんだ。男たちが興奮するのを見て、自分も興奮したかったんだ。無力なカウボーイの一団におよぼす魔力を楽しみたかった。カタログを炊事場へ持ちこんだわけはそれだ」

実のところ、モーガンは少し不安を感じていた。カウボーイたちが食事に現れる前に、カタログは人目につかないところにちゃんと片づけておいたつもりだった。だが、もしかしたらうっかりして片づけ忘れていたのかもしれない。

その後ろめたさは、今やジェイソンに負けるとも劣らない激しい怒りに変わった。「そんな言いかたをする権利はないわ！　ひとかけらも。あなたは、実際に起きたことを理解しようともしないのよ」

すばやく向きを変え、モーガンは急ぎ足でドアに向かった。一刻も早くジェイソンから離れたかった。だが後ろからやってきた彼に腕をつかまれ、ぐるりと振り向かされた。

「放してよ！　もうたくさん」

彼から逃れようとしたが、腕をつかんだ手に力がこもる。「どのカウボーイがお目当てなんだ？　チャーリーか？　ハンクか？　それとも、ほかの誰かか?」

「やめて！　そんな言葉は聞きたくないわ」

「誰なんだ？」

「いいかげんにして！」

「いい子だ、誰なのか教えてくれ」

　ジェイソンの指がやわらかい肌に食いこみ、モーガンの目に涙がにじむ。長いこと二人は見つめあった。どちらも怒りに体をこわばらせ、荒い息をしていた。

「手を放してったら！」

「その気になったらだ」ジェイソンは、モーガンをさらに引き寄せた。

　彼の顔が間近に迫り、頬に温かな息がかかるのが感じとれた。彼はキスしようとしているのだ。ジェイソンにキスしてほしいと、モーガンは何度となく熱望してきた。だが、怒りにまかせてのキスではなく、罰としてのキスでもない。

「放して！」モーガンはふたたび大声を出した。

「放さなかったら、きみの有名な護身術を披露するか？」ジェイソンはからかった。

　怒りをかきたてる言葉と同じくらい、そのあざけるような口調にモーガンの頭に血がのぼった。最初はハンクに恥をかかされ、今度はジェイソンに耐えられないほど責められている。

　ジェイソンに引き寄せられたとき、モーガンは行動を起こした。右脚をジェイソンの右脚にからめ、ふくらはぎを密着させて足を持ちあげる。彼女はジェイソンのあげた驚きの声を耳にすると同時に、右手で彼の胸を強く押した。次の瞬間、ジェイソンは床にあおむけに倒れていた。

「驚いたな！」彼は倒れたまま、まじまじと彼女を見あげた。そのあまりの驚き顔に、モーガンは声をたてて笑った。

　次の瞬間、自分のしたことに気づき、彼女はジェイソンの上にかがみこんだ。「傷つけた?」

「ぼくのプライドをね」

「自業自得よ。わたしは謝らないわよ」

「謝ってほしいとは言っていない」

　信じられないことに、驚きの最初の瞬間が過ぎたあと、ジェイソンの目はおかしそうにきらめき、口の両端が上がった。

　ジェイソンが立ちあがりながらモーガンに手を伸ばし、今度は彼女も逆らわなかった。ジェイソンのキスは激しく情熱的で、モーガンもまたキスを返していた。今彼女の感じているものは、体の奥深くでうずいている熱い欲望だけだった。無意識に、彼女は喉の奥で低くうめいた。ジェイソンが欲しかった。全身が彼を求めて燃えていた。

　突然、ジェイソンは顔を上げた。「誰なんだ? 写真の男、きみの体に手をかけている男は」

　とるに足りない質問だ。「モデルよ。ダミアンというの」

「このダミアンは、きみにとってなんなんだ?」

　その瞬間、モーガンはひらめいた。ジェイソンは嫉妬《しっと》しているのだ。嫉妬する必要などないのだが、そのことを告げるのはやめた。彼はそれを知るに値しない、あんなに理不尽にわたしを非難したあとでは。

「何を気にしているの?」モーガンはあざけった。

「答えるんだ、モーガン。この男は誰なんだ、このモデルは? 彼とベッドをともにしたのか?」

「どう思って、ジェイソン?」

　一拍おいて、彼は自分の問いに答えた。「そう、きみはベッドをともにしたと思う。わかるんだ」

「なんとでも好きに考えるのね」モーガンはきつく結んだ唇をほとんど動かさずに言った。

「きみは恥知らずだ。まったくの恥知らずだ」ジェイソンは顔に嫌悪をみなぎらせてモーガンから数歩離れ、また引き返してきた。「きみがこれほど美しくさえなかったら」かすれた声でつぶやく。

「いったい何を言っているの、ジェイソン？」

「この世でいちばん美しい女性だ」彼は荒々しくつけ加えた。「今言ったことは忘れてくれ。なんの意味もなかったんだ」

モーガンが呼びとめたとき、ジェイソンは戸口で振り向き、かみつくように言った。

「なんだ？」

「わたしが出ていくときだわ」

彼女の思いすごしだろうか。いかつい顔がかすかに青ざめたように見えた。ジェイソンは無言だった。

「あなたに歓迎されていないのを承知で、ここにとどまったのは本当だわ。わかっているべきだったのよ、わたしにはできない……無理だと……」モーガンは涙声でなく話せると確信するまで先を続けるのを待った。「つまり、牧場を去るつもりだということ。朝になったら出ていくわ。あなたはわたしがここにいたことを忘れられるわ」

「それは難しいだろうな」

一瞬ののち、裏口のドアがたたきつけられるように閉められた。家の周囲をめぐる小道を行く怒ったような足音が聞こえ、すぐに馬屋からギャロップで駆け去っていくひづめの音がした。

そのときになってやっと、モーガンは自分の部屋へ行った。ベッドに身を投げだし、胸が張りさけんばかりに泣いた。こんなふうにして、すべては終わるのね。

ドアにノックの音がした。

モーガンはスーツケースを閉めるのに忙しかった。外はまだ暗いが、すぐに東の空は明け方の光とともにグレーになるだろう。またノックがあり、続いて呼びかける声。

「モーガン？　ドアを開けるんだ」

　モーガンはスーツケースの鍵《かぎ》をかけ、感情を抑えてドアを開けた。ジェイソンに、夜の大半を泣いて過ごしたことを知られたくなかった。

「何をそう急いでいるの？　わたしが出ていくのが待ちきれないようね。すぐ失礼するわ。ただ……」泣きだしませんようにと願いながら、モーガンは口をつぐんだ。

「ただ？」先をうながすジェイソンの口調は妙だった。

「カウボーイたちはまもなく炊事場にやってくるでしょうし、朝食ができていないと知ったらあわてるわ。わたし……とにかく、炊事場に行きたいのよ」

「彼らに最後の食事を作るために？」

「それと……さようならを言うために」モーガンは彼から顔をそむけた。

　皮肉な言葉に備えて彼女は身構えた。だが、ジェイソンは何も言わなかった。それは彼が口にしたかもしれないどんな言葉よりモーガンを動揺させた。

　モーガンは彼を見つめ返した。ふたたび口をきいたとき、その声は震えていた。「わたしが出ていくと聞いても彼らは驚かないわ。昨日のことがあったあとでは。でも、黙って出ていくのはいやよ」わかってほしいと目で訴えた。「お願い、ジェイソン。みんなにさようならを言いたいの」

「その必要はない」

「挨拶《あいさつ》もさせないというの？　ひどいわ。いくら、あなたが厳しくても……。わたしはカウボーイたちを誘惑してはいなかったわ。あなたがどう考えようと、彼らを興奮させようなんて少しも思わなかった。だいいち、二、三分でどれだけ害が引き起こせるというの？」

「山ほどだ」思いがけなく、ジェイソンは白い歯を見せて笑った。「ぼくが痛い思いをして知ったように、きみはその気なしに害を引き起こせる」

彼女ははっとして顔を上げた。「どういうことかわからないわ」

「わからないのかい？」

「もちろんよ！　あなたがなんの話をしているのかさっぱりわからないわ。どうか、みんなにさようならを言わせて、ジェイソン」

黒い瞳はモーガンをじっと見つめていた。「さようならの挨拶はなしだ。少なくとも……ブレントが戻ってくるまでは」

ジェイソンの言葉の意味を理解し、彼女は驚きにあえいだ。「いったい何を言っているの？」

「ぼくはゆうべカウボーイ小屋へ行った。けんか騒ぎとハンクが牧場から去ったことで、みんなが動揺していると思ったからだ。彼らはぼくに話したがっていた」

「あの人たち、ハンクのことを話したの？」モーガンは息をのんだ。

「きみのこともね。きみは写真のカタログをレシピの下に置いておいたらしい。それをハンクが見つけた。あいつはきみのことをかぎ回っていたにちがいない。わざわざ引っぱりだして、みんなに見せたと聞いたよ」

ジェイソンの声は沈んでいた。

しばらく黙りこんだあと、ふたたび続けた。「彼らはきみにとどまってほしがっている。ぼくはみんなの伝言を伝えに来たんだ」

こみあげる思いにモーガンは胸がいっぱいになり、涙がにじみそうになって目がちくちくした。「そうなの」そう言うのがやっとだった。

ジェイソンはスーツケースのほうを身ぶりで示した。「すっかり荷造りができているようだね」一瞬言葉を切り、喉をごくりとさせた。「昨日はきみにかなりひどいことを言ってしまった。モーガン、すまない」

すまない……。その言葉は、ジェイソンの口から出るととても奇妙に聞こえた。まるで、しぶしぶ口にされたかのようだ。

「本気で言ったものもあったと思うわ」

「確かに」

その答えから、モーガンは彼がまだモデルの仕事を悪く考えているらしいのがわかった。

ジェイソンはもう一度、スーツケースに目をやった。「ぼくは役目を果たして、カウボーイたちの伝言を伝えた。彼らは、きみにとどまってほしがっている」

「あなたは、ジェイソン？　それを望んでいる？」

ジェイソンは目を伏せた。「ああ、望んでいる」ついに彼は答えたが、あまりぶっきらぼうな口調だったため、モーガンにはその言葉がやっとのことで口にされたものだとわかった。

数秒間、二人はたがいに見つめあった。モーガンは、二人をへだてている距離をつめるのは容易だという奇妙な印象を受けた。だがジェイソンは動かず、彼女も動かなかった。

そして、ジェイソンは言った。「きみはまだ答えていない。ここに残るかい？」

「イエス」モーガンの声は震えた。

一瞬、ジェイソンの瞳に説明のできない何かが浮かんで消えた。モーガンはじっと彼の顔を探ったが、その冷淡な表情からは何もうかがえなかった。

モーガンは失望感を無視しようと努めた。「炊事場へ行ったほうがいいわね。さもないと、みんな空腹で倒れてしまうわ。荷ほどきはあとにするわ」

わきを通り抜けようとしたとき、ジェイソンはモーガンの歩みをとめ、指で唇に触れた。「あざができているね、モーガン」

背すじに震えが走った。「ええ」

「ぼくにもあざができている。もっと大きくて、青く変わりかけているのが。ただ、外から見えないところにだけど」

モーガンは苦笑した。「謝ってほしいんじゃないでしょうね？」

「いや。手を放すように言われたのに、ぼくはそうしなかった。だから、自業自得だろうな」思いがけず、ジェイソンの唇はおかしそうにゆがんだ。「きみは怒りっぽい人だ、モーガン・ミュア。かんしゃく持ちだ」

たちまち、彼女の心臓は早鐘を打っていた。「ジェイソン……みんなの話したことは本当よ。わたしは写真を見せるつもりはなかったわ。彼らをじらすようなまねをするほど、愚かでも意地悪でもないわ。あんなに腹を立てる必要はなかったのよ」

ジェイソンは考えこんでいるような目を彼女の全身に走らせた。なぜ自分が昨日あれほど腹を立てたか、よくわかっていた。ほかの男たちがモーガンの美しい体を目にし、触れることを思うと耐えられなかったのだ。触れるのはぼくだけだ。自分が嫉妬していると知り、ジェイソンはますます腹を立てた。

不意に彼はモーガンのほうへ近づいた。自分にもどうしようもできない力に押されたかのようだった。無言のままモーガンを引き寄せ、長いこと黙って抱いていた。腕に抱いたモーガンがかすかに震えるのを感じ、いい香りのする髪に唇を押しつける。心地よいこの時を終わらせたくなかった。

体を引いたモーガンに見あげられ、いくらか理性が戻ってきた。それとともに、モーガンがシックスゲート牧場にいるのもあとわずかだという思いが、彼をとらえた。彼女は牧場では決して幸せではいられないのだ。

「すまなかった」ジェイソンは唐突にもう一度謝ると、きびすを返して部屋を出ていった。

二日後、ジェイソンは言った。「明日、オースチンへ行くつもりだ。一緒に行きたいかい？」

「思ってもみなかったお誘いね。牧場にとどまるよう言って以来、あなたはずっとわたしを避けていたわ。わたしが炊事場から戻る前に朝食をすませてしまうし、夕食もあれこれ口実を見つけて、一緒にしなかった。この二日間に、二十語と言葉をかわしたかしら」

「数えていたのか？」

「誰だってわかるわ。まだ、ハンクのことを気にしているの？」

「その話はけりがついたと思ったが」

「わたしもそう思った。でも、間違っていたようね。ハンクは出ていき、あなたはわたしを許せないんだわ」

違う、モーガン。許せないのはぼく自身だ。

「ぼくと一緒にオースチンに行かないかと誘っているんだ」ジェイソンはのろのろと言った。「それがどういう意味かわからないか？」

「わたしのことを許したの？」

長い間があき、やがて彼は答えた。「許すことなんて何もない」

体の奥深くが震え始め、それを隠すためにモーガンは尋ねた。「なぜ、オースチンへ行くの？」

「仕事があるんだ。ブレントもときどき一緒に行く。地元では手に入らないようなものが買えるからね」

「そう」

「別々に行動して、待ちあわせて食事をしてから牧場へ戻ろう」

ジェイソンと二人きりで過ごすと思うと、いつものようにモーガンの心はときめいた。「グッドアイデアかもね」彼女は陽気に言った。

「じゃあ、それで決まりだ。朝食のあと出発して、夕食に間に合う時間までに戻ってこよう」

モーガンはすばやく時間を計算し、眉をひそめた。

「仕事があるうえ、一日のうちに車で往復したいなら、もっと早く出ないといけないんじゃないの？」

ジェイソンはおかしそうな顔をした。「誰が車を運転するなんて言った？　飛ぶのさ、もちろん」

「飛ぶ？」

「飛行機を使うのがテキサス式なのさ。ここでは、どこへ行くにも飛行機が当たり前の交通手段なんだ。お祖父《じい》さんはその話をしたはずだ」

「祖父はカウボーイだったのよ。牧場主でもパイロットでもなかったわ」モーガンはそっけなく言った。

「バスか電車、もしくは馬が、祖父の足だったわ。誰が飛行機を操縦するの、ジェイソン？」

「ぼくさ」彼は今では笑っていた。「きみが今の自分の顔を見られたらと思うよ、モーガン。あっけにとられたみたいだ」

「あなたがパイロットだとは思わなかったわ」

「そうと知って、外出する気がうせた？」

返事を考える必要はなかった。「いいえ」

「確かかい、モーガン？」

ジェイソンの大きな手で顎をとらえられ、モーガンは身じろぎもしなかった。「確かよ。なんといっても……」彼女は、にっこり笑いかけた。「一日、食事のしたくをしなくてもいいんですもの。それって、お祝いする理由にならない？」

彼の目がきらめいた。「きみの心にあるのはそれだけかい？」

「ほかにもあるわ」

「炊事場での毎日の仕事が大嫌いだって言いたいのか？」

「大嫌いじゃないわ。それどころか、想像した以上に楽しんでいる。でも、休みがあるのはうれしいわ。それはそうと、みんなは明日の食事をどうするの、ジェイソン？」

「ブレントが冷凍庫にストックしてある緊急用の食料を見たことがあるだろう。飢えはしないよ」

「よかった」

ジェイソンは親指で彼女の喉をさすった。「ぼくの操縦を信頼するかい、モーガン？」

モーガンは、彼の親指の愛撫《あいぶ》するような動きを努めて無視した。ジェイソンの問いは、答えるのが簡単だった。自分が彼を信頼して命を預けるだろうということはわかっていた。

「信頼するわ」モーガンはあっさり答えた。

ジェイソンの瞳に、読みとりがたい感情が動いた。

「じゃあ、明日の朝」彼は言った。

8

「怖くないかい、モーガン？」

モーガンは座席から身を乗りだし、眼下の低木の群がる平原を見おろしていた。

「怖くないかですって？」彼女は目を輝かせてジェイソンを見た。「まさか！　全然！　空からだと、とても違って見えるのね。低木地帯の色も。右下に見えるあの牛の群れも、小さな動く点のかたまりのようだわ。それに、牧場はここからだと果てしなく見えるわ」

ジェイソンは声をたてて笑った。「きみはまだ半分も見ていない」

「そうかもしれない。でも、たいしたものよ！　すばらしいわ。この高いところから得られる自由の感覚、広大さは。ジェイソン、わたしのことを笑っているのね！」

彼は白い歯を見せた。「一緒に笑っているのさ、きみを笑っているんじゃない。きみの熱中ぶりに心が洗われる。ぼくを新鮮な気持ちにしてくれる。でも、飛行機で飛ぶのは初めてのはずがない」

「もちろんよ。でも、二百人乗りの飛行機で飛ぶのは、これとは違うわ。これは……」モーガンはあたり全体を示す大きな身ぶりをした。「大違いよ」

いちばん大きな違いは、もちろん彼女のかたわらにいるパイロットだった。

彼らはオースチンに着陸し、タクシーで中心街へ向かった。ジェイソンはモーガンに早めの夕食の待ちあわせ場所を教え、そのあと二人は別れた。

モーガンはしばらく、コロラド川を見晴らす眺めのいいオースチンの街を散策した。炊事場用の買い物をすませると、レストランでジェイソンと会う時間だった。ジェイソンは先に来て、店の特等席を手配してあった。

二人が食事と会話を存分に楽しんだあとレストランを出ると、驚いたことに天気は一変していて、外はどしゃ降りだった。強い風に吹きつけられた雨が熱帯の嵐《あらし》のような勢いで通りや歩道に降りそそぎ、稲妻が走り、雷が鳴っている。

「かなり激しいな」

「雨が降ると知っていた？」

「いや。昨日、何度か天気予報を聞いたし、今朝早く、牧場を出る前にまた聞いた。だが、何も言っていなかった。嵐が来ると知っていたら、飛んでいなかった」

「かなりのものね」嵐で暗くなった通りを稲妻が照らし、モーガンはあとずさった。

「ときどきこういうことがある。どこからともなく嵐がやってきて気象予報官を驚かせることがね」

「これからどうするの、ジェイソン？」

「今夜、飛行機で牧場に戻るのはとても無理だな。嵐がすぐにやまないかぎりは。今の時点で、その可能性はあまりない。オースチンにひと晩泊まらざるをえなくなりそうだ。ぼくはマンションを持っている」彼はすばやく探るようにモーガンを見た。「ベッドルームが二つある。でも、たぶんきみはホテルに泊まるほうがいいだろうね？」

「そこでかまわないわ」モーガンは不意に高鳴る胸の鼓動に負けじと言った。たとえひと部屋しかなくてもかまわないという気がした。実を言えば、そのほうがうれしかったかもしれない。

なんとかタクシーをつかまえ、二人はマンションへ向かった。建物は道路から少し奥まったところにあり、前が庭になっている。歩道から小道にそってロビーまで走らなくてはならず、建物の中に入ったときには二人ともずぶ濡《ぬ》れになっていた。

ジェイソンの部屋の玄関で彼らは立ちどまり、たがいを見やった。濡れているのは髪だけではなく、首すじや手、服からも水がしたたり、タイルの床に水たまりを作っている。二人は同時に吹きだした。

「濡れねずみってこのことね」口がきけるようになったとき、モーガンはあえぐように言った。そして、なぜかその言葉で二人はますます激しく声をあげて笑った。

「気にならないかい、モーガン？」笑いがおさまって、ジェイソンは尋ねた。

「気にするべきかしら？」

「きみの服も髪も、だいなしだ」

「髪はどうってことないし、服は乾くわ」

「脱がないと乾かないよ」

モーガンは目をきらめかせ、ジェイソンを見た。

「わたしに服を脱いでほしいの？」

「そんなものじゃすまない」ジェイソンはぶっきらぼうに言って両腕を伸ばし、モーガンは進んでその腕の中に入った。彼らは服から水をしたたらせ、体を密着させたまま長いこと立っていた。やがてジェイソンは腕をゆるめ、彼女を見おろした。「モーガン……」

「なあに？」顔をあおむけたとき、彼女の瞳からいたずらっぽい光が消えた。

「きみはとてもきれいで、信じられないくらいセクシーだ。キスしたいと思っているのがわかるかい？ ここはベッドルームが二つあるけど、ひとつしかないふりをするとしたらどうかな」

「どうして、ふりをしなくちゃいけないの？」

モーガンが本気で言っているとわかると、ジェイソンはふたたび彼女を引き寄せた。全身に情熱をみなぎらせ、荒っぽく抱いたので、モーガンはほとんど息ができなかった。

「モーガン」ジェイソンの唇が、彼女の濡れた髪をまさぐる。彼は腕をゆるめて言った。「これをずっと待っていたんだ」

愛と欲求と情熱が、抑制と気恥ずかしさをとりのぞき、モーガンは思ったことを口にできた。後悔する暇を自分に与えず、彼女は言った。「わたしも待っていたわ、ジェイソン」

彼が体を震わせるのを感じ、モーガンは畏怖《いふ》を覚えた。わたしにジェイソンのようなタフな男性の心を動かす力があるなんて。胸がいっぱいになり、喉はつまりかけている。自分が誰かをこれほど深く愛せるとは一度も想像したことがなかった。

指先でジェイソンの唇のまわりを軽くなぞりながら、モーガンはささやくように言った。「部屋のことだけど、ひと晩中ひと部屋しかないふりをしてもいいのよ」

ジェイソンはまた体を震わせた。今度はさらに激しく。口を開いたとき、その声は以前よりいっそうかすれていた。「きみが、この先どうなるかわかっているなら」

「わかっているわ」マイ・ラブとつけ加えそうになり、モーガンは自分を抑えた。

「あと戻りはなしだよ、モーガン」

「ええ」できるかぎりしっかりした声で約束する。

彼女の指の下で、ジェイソンの唇が震えた。

「きみはとても美しく、セクシーだ。きみが欲しくて気が変になりそうだ」

ジェイソンは深く情熱的に、同時に内にある優しさのすべてをこめてキスした。モーガンもジェイソンの首に両手を回してキスを返し、これまで言葉にできなかった気持ちや感情を、唇でジェイソンに告げた。

モーガンの情熱が、彼を興奮させたにちがいない。ジェイソンは息を吸って激しくうめいたかと思うと、またキスした。その性急さに、彼女の唇から喜びの小さなうめきがもれる。生まれて初めて知った強い欲求に圧倒されて、弓なりに体をそらすと、それがジェイソンの喉から新たなうめきを引きだす。

「これで、服を脱ぐ理由が二つになった」ジェイソンはようやく言った。「ぼくたちが愛をかわしているあいだに、服は乾く」

モーガンは優しく笑った。「たいした理由ね」

ジェイソンも笑って言った。「きみの服を脱がさせてくれる、スイートハート?」

スイートハート……。ジェイソンが愛情を示す呼びかけをしたのは初めてだ。モーガンは、幸せではちきれそうな気がした。彼がブラウスのボタンをはずし始めたときは恥ずかしかったが、自分で脱ぐとは言わなかった。ボタンはひとつまたひとつとはずれたが、生地が濡れているので、ふだんのように簡単にははずれない。

「全部はずれた」とうとう、ジェイソンは言った。

「また、きみにキスしたい……」

ジェイソンの唇が彼女の喉をこする。そのエロチックな感覚にモーガンはあえぎ、目を閉じた。彼の唇はさらに胸へと下がっていく。神経を激しくかきたてる、じらすような愛撫《あいぶ》。今やモーガンの全身はくまなく燃えあがり、理性は消えてなくなっていた。彼女はむきだしの情熱と渇望のかたまりにすぎなかった。

どこかでドアが開き、ついで閉じた。モーガンはうわの空でその音を耳にしたが、なんとも思わなかった。気持ちはひたすらジェイソンとの愛の行為に向けられていた。すぐに……わたしたちは、わたしがずっと夢見ていたふうにひとつになるだろう。

「ジェイソン？」誰かが声をかけた。

一瞬、モーガンもジェイソンも反応しなかった。

「ジェイソン！」

唐突に、ジェイソンの唇がモーガンの胸から引き離された。二人は声のしたほうに同時に首をめぐらせ、凍りついた。

ひとりの女性が部屋の中にいた。とても美しく、ヘアスタイルも化粧も完璧《かんぺき》、ほとんど濡れてさえいない。その女性は無言のまま大きな傘を振って雨のしずくを払ったあと床に置き、「あら」とひと言口にした。

「ヴェラ！」ジェイソンは大きな声を出した。

「まあ、あなたたちの驚いた顔！」きつい目は嫌悪もあらわに二人に向けられ、モーガンからジェイソンへ移ったあと、ふたたびモーガンにそそがれた。「情事の現場を押さえられるとは思ってもいなかったんでしょうね」

その女性に見つめられ続けるうち、モーガンの頬は真っ赤に染まった。一分前まではとても幸せだったのに、今や自分を安っぽく感じ、さらしものになった気がする。

「ここで何をしている？」ジェイソンは問いつめた。

「あなたと同じことよ、ダーリン。ああ、まったく同じというわけじゃないわね」おかしそうな表情がヴェラの顔に浮かんだ。「雨宿りの場所を求めていただけよ。でも、あなたには別な考えがあったようね」

「どうやって入ったんだ？」

「自分の鍵《かぎ》を使ってよ」ヴェラはあっさりと答え、続けて言った。「わたしはちょくちょく来るのよ。ここは便利だわ。もちろん、今日わたしが来たのはあいにくだったわね。牧場へ戻る前に、ちょっと内緒のお楽しみをしようと思ったみたいね」

「いいかげんにしろ、ヴェラ」

「よしてよ、ダーリン。あなたたちが何をしようとしていたのかは明らかだわ。いいじゃない。わたしたちは全員大人でしょう？　あなたもわたしも、その尻軽《しりがる》女も」

かっとなったモーガンが口をきこうとしたとき、ジェイソンが鋭く言った。「彼女をそんなふうに呼ぶな！」

「あらまあ、怒りっぽい人ね。ねえ、ジェイソン、あなたがここにいたのはもっけの幸いだわ。前からあなたと話したいと思っていたのよ」

「今はそのときじゃない」

「この尻軽女は、数分待っても気にしないわよ」ヴェラはモーガンのほうを向いた。「でしょ？」

モーガンの頬はさらに上気していた。ヴェラに返事をするまいと、指を痛いほどてのひらに食いこませた。彼女はジェイソンを見て静かに言った。「お二人が話すあいだ、ベッドルームへ行っているわ。いずれにしても、この濡れた服を脱がないといけないから」

「すぐすむよ、モーガン」こわばった声だった。

「モーガンですって？　あなたの名前はモーガンなの？」ヴェラが叫んだ。

モーガンはドアのところで振り返った。「だったらどうなんです？　あなたとは初対面なのに」

ヴェラはジェイソンに食ってかかった。「この前電話したとき、あなたはモーガンと話していたわ。最初、男性と話していると思ったので、名前を覚えているのよ。あの尻軽女とはいつから一緒なの？」

「わたしは尻軽女じゃないわ」モーガンはきっぱり言った。「そう呼ぶのはやめて」

「歯に衣《きぬ》着せずに言わせてもらうわ。ジェイソンは女好きよ。この場所が何か知っている？　尻軽女との情事の場所よ。あなたは彼の最初の相手じゃないし、最後にもならないわ」

「なんてことを言うんだ、ヴェラ！」

「否定する気、ダーリン？　どうなの？」

「きみに答える義務はない、ヴェラ」彼はモーガンが一方のベッドルームに向かったとき、首をめぐらした。「どこへ行く？」

「あなたたちが二人きりで話せるようにするのよ」モーガンのことさら落ち着いた口調は、内心の緊張を隠していた。

「ヴェラの話がなんであれ、きみの前で聞く」

「驚いたわね、ダーリン。いつから尻軽女たちは、あなたの個人的な会話にかかわるようになったのかしら」

「わたしの言ったことが聞こえていらっしゃらないようね。わたしは尻軽女じゃないわ」

「牧場やこのマンションでジェイソンを楽しませている女が、尻軽女じゃないというの？」

「彼女をまた尻軽女と呼んだら、どうなっても知らないぞ」ジェイソンは警告した。

「いずれにしても、わたしをひどく誤解していらっしゃるわ」モーガンは口をはさんだ。「わたしは牧場で働いているのよ」

「きみはぼくの先妻に、自分のことを説明しなくていい」

「どんな仕事？　カウガールを雇うのが好きになったなんていうんじゃないでしょうね、ジェイソン」

「わたしは牧場の料理人よ」モーガンは告げた。

「ブレントはどうしたの？」

「一カ月の休暇中で、来週の金曜に戻ってくる」

「まあ、たいした話ね、ダーリン。ブレントは休暇をとり、あなたは料理人兼遊び相手を雇ったというわけね。それって、傑作だわ」

「出ていくんだ、ヴェラ」ジェイソンの口調には警告の響きがあった。だが、ヴェラはちょっとやそっとではあきらめなかった。

「今はいつにも劣らずいい機会よ。あなたもわたしもここにいるわ。あなたたちがしようとしていたのがなんであれ、待てるでしょう、ダーリン？」

ジェイソンはヴェラにつめ寄った。「何度言ったらわかるんだ？」

「だって、外はどしゃ降りよ、ジェイソン」

「あまり濡れていないじゃないか。きみの傘は特大だからな。きみはいつだって自分のめんどうは見られた」

ヴェラの目に、心もとない表情にとって代わって勝ち誇った光が浮かんだ。「そういうことなのね。あなたはいまだに傷ついているのよ、ジェイソン。わたしに捨てられたという事実から決して立ち直っていないのよ」

「帰れよ、ヴェラ」

「帰るわよ。でも、これで見おさめだと思わないことね。わたしたちにはまだ、例の話があるんだから。とても興味深いと思うけど」そう言ってから、ヴェラは悪意のこもった目でモーガンをちらりと見た。

「あなたは、楽しめるうちに彼を楽しむといいわ」

ドアに向かったヴェラにジェイソンは手をさしだして鍵を返すよう求め、彼女が拒否すると愛想よく言った。「だったら、持っているといい。言い争う価値はない。だが、二度とここへ来ないことだ。来ても、錠はとり替えられているだろう」

ヴェラは怒って激しく息を吸い、ジェイソンからモーガンへと視線を移した。モーガンは相手の瞳に浮かんだ憎しみを目にしてショックを受けた。

ジェイソンに鍵を渡したとき、ヴェラの表情はまた変化した。「まずいときに押しかけてきたのはわかるから失礼するわ。あなたのお楽しみの邪魔をしたとは、決して言わせないわ、ジェイソン。でも、例の話しあいをしましょう、近いうちに」

ジェイソンはヴェラを送りだしたあと、ドアチェーンをかけてから振り向き、モーガンと呼びかけて口をつぐんだ。部屋は空っぽだった。

モーガンは一方のベッドルームにいた。

「モーガン……何をしているんだ？」

「何をしているように見えて？」濡れたブラウスのボタンをかけ終えてから、彼女は答えた。

ジェイソンは体をこわばらせた。「出ていくといっても、外はまだどしゃ降りだ。それに、どこへ？この天候で飛行機を操縦するつもりはないし、今夜きみが牧場へ戻るには飛行機しかない」

彼のほうを向いたとき、モーガンの顔は少し青白かった。「ホテルを見つけてもいいわ」

「それはそうだが、なぜそうしたい？」

「理由はわかっているでしょう、ジェイソン？」

ジェイソンが両腕を回そうとしたが、モーガンは両手を彼の胸に当ててつっぱった。

「よして！」

ジェイソンは両腕をおろした。「どうしたっていうんだ、モーガン？」

「わかっているはずよ」失望感に声がつまる。

「ヴェラが現れるまで、何も問題なかったじゃないか。ぼくたちは愛をかわすところだったんだよ」

「そのとおりよ。わたしも……ほかの人たちも」

「どの、ほかの人たちだ？」ジェイソンの顔は冷淡にきつくなった。

「あなたの人生のほかの女性たちよ。あなたはわたしと愛をかわすつもりだったんだわ……この情事の場所で」モーガンの声は震えた。

「ヴェラの話を信じるのか？」

　彼女はジェイソンと視線を合わせた。「あなたは否定しなかったわ」

　ジェイソンは説明する必要があるとは思っていないようだ。不意に、彼女に触れているのに嫌悪をもよおしたように、握っていた手首を放した。「要するに、ヴェラを信じるということだな？」

「何を信じたらいいのかわからないわ」モーガンはこみあげてきた涙をこらえた。

「きみは大人だ。きみにわからないなら、ぼくにはどうしようもない」ジェイソンの声は冷ややかになった。「となると、ぼくたちはどうなる？」

「もし……もしここに残るとしても、この部屋でやすむわ」モーガンは震える声で告げた。

　ジェイソンの目はなかば閉じられ、表情を読むのが難しくなった。「わかっているかな、もしヴェラが邪魔をしなかったら、ぼくたちは愛をかわしていたと？」

　モーガンの唇が震えた。「あのとき彼女が現れたのを、わたしは感謝するべきかもしれないわ」

「そう信じているなら、もう何も言うことはない」彼はドアのところで立ちどまり、モーガンを振り返った。「今は、きみしだいだとわかっているね？」

　その口調にある何かに、モーガンは血の凍る思いがした。「どういう意味なの、ジェイソン？」

「選ぶのはきみだという意味だ。ヴェラを信じるのか、それともぼくを信じるのか。愛をかわしたいのか？　もし、そうしたいなら、ぼくの居場所はわかっているだろう。もうひとつのベッドルームにいる。愛しあいたくないなら、それもけっこう。説得しようとは思わない」

彼の傲慢《ごうまん》さに、熱く荒々しい怒りがモーガンの全身をかけめぐった。「あなたってずうずうしいのね、ジェイソン。わたしになんの事実も教えずにおいて、誰を信じるか尋ねるなんて。わたしには、ヴェラの言ったことしか頼るものがないのよ」

「ぼくが事実を示すのを期待しているとしたら、時間のむだだ」ジェイソンの顎はこわばり、唇は一文字に結ばれていた。「もう一度言うが、これから何が起ころうと、それはきみしだいだ」

彼が部屋を去りかけたとき、モーガンはそちらへ一歩踏みだした。「ジェイソン……」

だが、その声が聞こえたとしても、ジェイソンは振り返らなかった。そして、モーガンは二度と彼の名前を呼ばなかった。

彼女はすすり泣きをこらえて窓のところへ行き、窓ガラスに顔を押しつけた。ジェイソンは戻ってこないだろう。彼の言葉にも口調にも、決定的なものがあった。外は暗くなり、やがて雨はやんだ。だが、寒けは残った。濡れた服を脱ぎ、毛布をかけて横になっても、彼女は相変わらず寒けを感じていた。

ジェイソンの言葉が、心の中に響く。それはこだまし、反響し、消えようとしない。

〝もしヴェラが邪魔しなかったら、ぼくたちは愛をかわしていた……。選ぶのはきみだ……〟

わたしは誰を信じたらいいの？　あのいやな、きつい顔をした女性？　それとも、わたしの心に永遠の住みかを見つけた男性？　ジェイソンを信じたいと強く願うと同時に、自分は一連の女性たちのひとりにすぎないと思うと、気分が悪くなる。ジェイソンがわたしを愛しているというサインを示していたら、すべてはまるで違ったものになっていたのに。でも、彼を信じなかったら、ヴェラを信じることになる。口にするひと言ひと言とともに悪意を吐きだす女性を信じることに。

　ジェイソンを信じる、それともヴェラを？　ヴェラ、それともジェイソン？　その夜、モーガンは答えを得た。

「モーガン？」

　ベッドに横になっているジェイソンの声から、彼女を目にして驚いたかどうかはわからなかった。モーガンは乾いた唇を湿した。

「そうよ……」

「ここで何をしている？」

「あなたは言ったわ……選ぶのはきみだって」

「というと？」

「わたしたちが愛をかわすかどうかを」

「それがきみの望みかい、モーガン？」

　長いこと間があいたあと、彼女はささやくような低い声でやっと言った。「ええ」

「どうして気を変えた？」

　モーガンが想像した展開とはまったく異なりそうだった。ジェイソンが彼女を抱きしめ、言い争いをして悪かったと謝り、無数の口づけで彼女をおおうという筋書きとは。抱きしめるどころか、彼は質問をしている。

「どうして気を変えた？」彼はもう一度尋ねた。

「それはどうでもいいわ」モーガンは力なく答えた。

「ぼくにとってはどうでもよくない」ジェイソンの口調には不思議な切迫感があった。

「わたし……ひとつのことではあなたが正しいと気づいたの」モーガンはついに言った。「あのときヴェラが現れなかったら、わたしたちは愛をかわしていたわ。そして、わたしは……何も知らなかったでしょうね……情事の場所のことは」最後の言葉を口にするには努力がいった。

「ヴェラを信じたのか？」

モーガンはためらった。「その話はもうすんだはずよ。それも重要なの？」

「さっきの質問よりもっと重要だ」前と同じ奇妙な切迫感が、なおもジェイソンの声にある。

彼が何を聞きたがっているのか、モーガンにはわかった。まさにこの問いを、何時間も思い悩んだのだ。結局、出た答えは実に単純だった。

「あのときは信じたかもしれない。でも、もう信じていないわ」

「情事の場所についても？ ヴェラよりぼくを信じるということ？」ふたたび、モーガンは彼の奇妙な口調に気づいた。

「そうよ」

沈黙が広がった。緊張感が高まり、モーガンは手を伸ばせば二人のあいだに飛び散る火花に触れられそうな気がした。ブラとパンティだけという自分の格好を鋭く意識した。反射的に手を上げ、胸をおおう。

ジェイソンがベッドのわきに脚をおろした。

「ここへおいで、モーガン。きみを見たいんだ」

「ジェイソン……」いざその瞬間が来てみると、モーガンは緊張した。ジェイソンがこちらへやってくる。街頭の明かりに照らされた、ブリーフをはいただけのみごとな体。彼に匹敵する男性は誰もいないわ……。

「スイートハート」ジェイソンは両手をモーガンの手にかけ、胸からどけた。そのあと一歩後ろに下がり、モーガンを見つめる。

彼に見つめられ、モーガンは燃えるような熱が全身に広がるのを感じた。恥ずかしさが薄れ、ジェイソンが全身に目を走らせるあいだも身動きせずに立っていられた。ジェイソンのうずくような興奮を感じとり、彼をこんなふうにさせられることにわくわくする。

「モーガン……。とても美しい。信じられないくらいきれいだ。ああ、モーガン、スイートハート、きみが欲しくてたまらない」

次の瞬間、ジェイソンの両腕はモーガンの体に回された。二人は強いて情熱を抑え、たがいの顔や唇、目のまわりに手をさまよわせた。ついにジェイソンは飢えたようにモーガンにキスした。いくらキスしても、キスしたりないというように。

そして、モーガンも彼にキスした。体に触れる肌の熱さに燃えるようだ。彼女の口を探る唇や舌に、全身を動き回る手に、情熱的がかきたてられた。彼女もジェイソンにキスし、両手で体を探り、同じように愛撫する。抱きあげられてベッドへ運ばれたとき、モーガンの全身は彼だけが与えられる充足を求めて叫びをあげていた。

ジェイソンは隣に横たわり、彼女を腕に抱き寄せた。二人はふたたびキスを交わした。腰も腿もぴったりつけ、腕も脚もからめて愛撫し発見しあう。たがいに相手を興奮のたかみへ引きあげていくあいだも、心臓はともに激しいリズムを打っている。これこそ、モーガンが夢に見ていた愛の交歓だった。

ジェイソンが体を重ねたときになって初めて、モーガンは彼の知らないある秘密を思いだした。

「ジェイソン……」

二人の唇があまり接近していたので、彼が返事をしたとき、その息がモーガンの口を満たした。「ぼくたちは、今さら中断できないよ」

中断する？ 心臓の鼓動をとめられないのと同様、モーガンは今起きつつあることをとめられなかった。

「ジェイソン……あなたに知っておいてほしいの。

わたし……バージンなの」

「バージンだって！」

またしても緊張に満ちた沈黙が広がった。「がっかりしたのね」モーガンは低い声で言った。

「がっかりした？　びっくりしたというほうが当たっている。思ってもみなかった、夢にも思わなかった……きみが……。そして、とてもうれしいんだ。ぼくが初めての相手でとてもうれしい」ジェイソンは頭を上げてモーガンを見おろし、それまでとは違う口調で尋ねた。「本当にいいんだね？」

「ええ」震えるような息とともに言葉が出た。「ジェイソン……いいのかしら、何か……」モーガンは途中で言葉を切った。

だが、ジェイソンは彼女の言おうとしたことがわかったようだった。彼はいったんベッドを離れ、すぐに戻ってきた。「これで妊娠の危険はないよ、モーガン。その心配はしなくて大丈夫だ」

ふたたびジェイソンの体が彼女をおおい、熱く燃えあがらせ、全身に情熱と欲望を駆けめぐらせる。

もうあと一秒も待てないとモーガンが感じたのが、不思議にもジェイソンにはわかったようだった。二人がひとつになったとき、一瞬感じた痛みに代わり、モーガンの想像したどんなものとも違う強い喜びがわきあがった。その喜びに彼女の体は震え、唇からは喜びの声がもれる。突然、体の中で何か激しく荒々しく、こうごうしくてすばらしいものがはじけているようだった。モーガンは自分が彼の名前を呼んでいるのに気づかなかった。「ジェイソン！　ああ、ジェイソン！」

そのあと、二人は愛撫しあい静かに言葉をかわしあいながら、長いあいだ横たわっていた。ほとんど同時にまたしてもかきたてられ、彼らはふたたび愛を交わした。今度は最初のときほどの性急さはなかったものの、変わらない充足と喜びが訪れた。

9

次の週、モーガンは何度も宙を舞っている気がした。オースチンでの夜以来、ジェイソンとの関係には劇的な変化があり、いつも何か話すこと笑うことがあって、食事の時間はかつてなく活気に満ちたものになった。夕食のあとは二人して音楽を聴き、ダンスをすることもあった。

でもいちばんすばらしいのは、愛しあうときだった。何度愛をかわしても、最初のときと同じようにわくわくした。

あいた時間に、モーガンはインテリアにちょっとした温かみを加え始めた。殺風景な部屋のあちこちに花いっぱいの花瓶を置いたり、壁面をきれいなポスターで飾ったりした。本当はもっといろいろしたかったが、なんの約束もかわしていないジェイソンに遠慮して、あまり出すぎたまねをするのにためらいがあった。だが、驚いたことに、ジェイソンは彼女のしていることに反対しなかった。それどころか、歓迎しているようだった。

ある晩、炊事場をあとにしようとしていたとき、モーガンはチャーリーに引きとめられ、サリーという娘と知りあいになったと打ち明けられた。カウボーイたちが行きつけの食堂で働くウエイトレスで、町にやってきたばかりだという。見せてもらった写真には、魅力的な明るい笑みを浮かべた赤毛の美しい娘が写っていた。

心優しいカウボーイが愛する人を見つけてよかったと思いながら、彼女は炊事場をあとにするチャーリーを見送った。きっと彼はいい夫になるだろう。サリーをうらやましく思わないではいられなかった。

チャーリーは心をささげる用意ができている。ジェイソンも同じだったらいいのに……。

木曜日、モーガンは言った。「ブレントは、明日戻ってくるわ」

「そうだね」ジェイソンは瞳をきらめかせて、にっこりした。「一カ月が過ぎてうれしいかい？」

うれしい？「あなたはうれしいみたいね」心臓にナイフを突き刺されたような痛みを感じながら、モーガンは言った。

ジェイソンの笑みはいっそう深まった。彼はモーガンの言葉を否定しようとせず、口笛を吹き馬屋のほうへ歩いていった。

「あとで荷造りをするわ」

翌朝、モーガンは炊事場へ行きがけにジェイソンに告げた。

「ちょっと待ってくれ」

モーガンは探るように彼の顔を見た。「なぜ？」

「ブレントは戻らない」

一瞬、希望が頭をもたげる。「ずっと？」

「いや、今日はということだ。さっき彼から電話があって、足をくじいたから戻るのが二日遅れると言ってきた」

では、もう二日牧場にいられるのか。たった二日延びたとしても、何も変わらない。

「じゃあ、日曜まで」モーガンはゆっくり言った。

「そう、モーガン、日曜まで」

ふたたび例のいたずらっぽい笑いを目にして、彼女はジェイソンの首を締めてやりたくなった。

翌日、一台の車が私道にとまった。ヴェラを目にして、モーガンは相手と同じくらい驚き、一歩あとずさった。

先に口をきいたのはヴェラだった。「いったいここで何をしているの？」

モーガンはこぶしを握りしめて十数え、気持ちを落ち着かせてから言った。「わたしはここで働いているのよ、お忘れ？」

「昨日までだわ。ブレントの休暇が終わるまでよ。今ごろはもう牧場をあとにしているはずよ」

「わたしがまだここにいて、驚いていらっしゃるようね」モーガンは愛想よく言った。「なぜかしら」

ヴェラは怒ったように顔を赤くした。「なぜと言いたいのはこちらよ。むかつく尻軽《しりがる》女ね」

「その呼びかたはよしてと言ったはずよ」

「なんと呼ぼうがわたしの勝手よ。質問に答えてないわよ。どうしてまだここにいるの？」

「わたしの勝手よ、と言いたいところだけど……」モーガンは顎を上げた。「ブレントの戻りが遅れたためよ」

「あら、じゃあ、彼は戻ってくるのね」

「もちろん」

たちまちヴェラの表情が明るくなった。「ジェイソンはどこ？　放牧地？」

モーガンはうなずいた。

ヴェラは考えこむように彼女を見ていた。「ジェイソンと話をしに来たんだけれど、いっそあなたとも話をしたほうがいいわね」

「わたしたちに話すことがあるかしら」

モーガンが去ろうとすると、ヴェラは彼女の腕をとって引きとめた。「あなたが知っておくべきことがあるわ。ブレントが戻ってきたあとも、牧場に残るつもりでいるといけないから。そんな憤慨した顔で見ないで。あの日、マンションで目にしたことからわかるのよ。わたしの夫にしなだれかかっているさまには胸が悪くなったわ」

「ジェイソンはあなたの夫じゃないわ」

「かつてはそうだったわ。またそうなるのよ」ヴェラの目がぎらついた。「ジェイソンとわたしが話そうとしているのはそのことよ。彼が戻りしだい」

モーガンは喉がからからになり、つばをのみこむのが痛いほどだった。「あなたは離婚したのよ。ジェイソンがよりを戻すのを望んでいると、なぜ思うの?」

「わたしにはわかるの。あれはみんな大きな誤解だったのよ」

「あなたはジェイソンを捨てたんでしょう」

「彼はそう言ったのね?」ヴェラの唇が不快げにゆがんだ。「落としやすい女に関心を持ってもらうには、傷ついた夫役がいちばんよ。臨時雇いの料理人が進んでセックスさせるというなら、彼がそれを利用して悪いことはないわ。でも真相は、わたしが戻ってきたら、夫は別の女性はいらないっていうこと」

「とても自信がおありのようね」

「理由があるのよ。かわいそうなジェイソン、わたしは彼をひどく傷つけたわ。彼はその話もした? わたしがうちを出たときはひどく動揺して、とどまるよう懸命に説得しようとしたわ。わたしが戻ってくると聞いたら、幸せで有頂天になるわ」

ジェイソンが傷ついたというのは事実だ。彼も一度ならずそう言った。ヴェラが戻ってきたら、幸せになるかも……。

モーガンは腕にかけられたヴェラの手をじっと見た。「わたしは用があるんだけど」

「すぐすむわ。まだ、ブレントが戻りしだい出ていくと、あなたの口から聞いていないわ」

黙ったままでいると、腕にかかった指に力がこもり、長い爪が肌に食いこんできた。モーガンは不意に、ひどく腹が立った。「あなたには何も話す必要はないわ、ヴェラ」

「ミセス・ディレイニよ。じゃあ、わたしの夫を誘惑する計画なのね」

「わたしの計画はあなたに関係ないわ」

　爪が肌にいっそう食いこんだ。「あつかましい尻軽女ね！　ブレントが戻ってきたら、出ていくのよ。わかった？　わたしがここの女主人になって、命令を下すわ。いっそ、今すぐ出ていったら？　わたしがジェイソンに話しておくわ」

「そこまでしていただかなくてけっこうよ」モーガンは腕を振りほどいた。

　キッチンで、怒りにまかせてパン生地を延ばしていると、当のジェイソンが裏口から入ってきた。

「やあ、いたね」彼は両手をモーガンにさしのべた。

　モーガンは彼の誘いを無視した。「おかえりなさい」

「何かまずいことでも？」ジェイソンはモーガンの手から延べ棒をとりあげ、彼女を引き寄せた。「大変な一日だったみたいだね。顔と手を洗ってくるよ。そうしたら……」唐突に言葉を切り、ジェイソンは大声を出した。「ヴェラ！」

　ジェイソンにもたれて目を閉じていたモーガンはぱっと目を開け、二人をにらみつけているヴェラを見た。

「あなたたちの声が聞こえたのよ」ヴェラが言った。

「ここで何をしているんだ？」

「わたしたちの話しあいのことを忘れたの、ダーリン？」魔法とも思える表情の変化を見せ、ヴェラはジェイソンにあでやかな笑みを向けた。「覚えているでしょう？」

「忘れてはいないよ」腕をゆるめてモーガンから離れながら、彼はヴェラに言った。「わかった、ぼくのオフィスに行こう」

　ジェイソンと戸口まで行ったところで、ヴェラは足をとめた。「料理人に、何か食べるものを用意するよう言ってくれない、ダーリン？」

「それは……」

彼の言葉をさえぎり、ヴェラは続けた。「彼女はとっくに牧場をあとにしていたと思ったわ。ブレントが戻りしだい出ていきたいそうよ。でも、まだ働いているからには、役に立ったほうがいいわ。サンドイッチと、濃いコーヒーをポットでね、モーガン。クリームと砂糖はなしよ」

ジェイソンにはかまわないでいいと言われたが、二十分後、モーガンはオフィスへサンドイッチとコーヒーを運んでいった。ヴェラとジェイソンは話に没頭していたが、彼女がドアを開けて入っていくと話すのをやめた。ヴェラの顔は上気していたが、モーガンはトレイにのせてきたものをデスクに並べていたので気づかなかった。

ジェイソンは立ちあがった。「デスクには並べきれないだろう」そう言って、周囲を見まわす。「隅にテーブルがあるのを忘れていた。あれを持ってこよう」

彼がそばを離れるや、ヴェラは行動を起こした。稲妻のような速さでコーヒーポットをつかんだかと思うと、彼女の口から血も凍るような悲鳴があがり、まっ白なパンツには大きなしみが広がった。

悲鳴と同時に、ジェイソンが振り返った。「ヴェラ！　どうしたんだ？」

「熱い！　やけどしたわ！　モーガンにやられたのよ！」ヴェラはわめきたてた。

あっというまに彼はヴェラの横に来た。「大丈夫か？」

「いいえ！　大丈夫じゃないわ！　見て！」ヴェラはしみを指さした。「コーヒーよ！　煮えたつように熱いのを！　たぶん一生跡が残るわ。彼女がやったのよ、ジェイソン。あの尻軽女が」

「わたしは……」

　だが、ヴェラはモーガンをさえぎり、ジェイソンになおも訴えた。「わざとよ！　あなたが背を向けた瞬間、ポットの中身を浴びせたの。警察を呼ぶべきよ。この尻軽女を訴えるべきよ！」

　ヴェラのとんでもない非難に耳を傾けるうち、モーガンは心が決まった。もう自分を弁護するのはよそう。わたしは説明する必要はないし、するつもりもない。ジェイソンは自分の先妻を知っている。ヴェラのくだらないメロドラマがかった言動はたちまち見抜くわ。

「黙っていないで、ジェイソン！」声が高くなり、ヴェラは急速にヒステリックになりつつあった。

　彼はモーガンのほうを向いた。「静かだね」

　モーガンはまっすぐジェイソンを見た。「これ以上うるさくする必要もないと思って」

「彼女にきいてみなさいよ！　この尻軽女は鉄面皮だわ」

「ヴェラのパンツにコーヒーをかけたのか？」

　モーガンは全身を硬直させ、まじまじとジェイソンを見た。彼は本当に今の質問をしたのだろうか？

「ヴェラは、きみがコーヒーを浴びせたと言っている」ジェイソンの口調は危険なほど静かなものになった。「まだ、彼女の話しか聞いていない。きみはやったのか、モーガン？」

　唇の震えをとめるには大変な意志の力がいった。

「その質問に答える必要はないわ」

　ジェイソンは、いらだった顔をした。「わからないのか、モーガン？　ぼくはきみに説明の機会を与えているんだ」

「何も説明する必要はないと思うわ。何ひとつね。わたしは証人席にいるわけじゃないわ」

　そう言って、彼女はヴェラとジェイソンを押しのけ、ドアに向かった。自室に戻るとスーツケースをベッドに投げだし、あっというまにわずかな持ち物と服をほうりこんだ。

　モーガンが車のドアを開けたとき、ジェイソンが近づいてきた。

「どこへ行くつもりだ？」

「どう見えて？　出ていくのよ。わたしを厄介払いできるわ、ジェイソン。ついに厄介払いできるのよ、お望みのように」

「このまま出ていけるはずがない」

「もう一日わたしが必要だから？　今夜の夕食と明日の朝食を作るために？　悪いわね。でもブレントは明日には戻ってくるわ。みんなには、それまで我慢してもらうしかないわね。ヴェラがここにいてちょうどよかったわ。彼女が手伝えるわ」

「話させてくれ、モーガン……」

「なんになるの？　話すことは残っていないわ。もう何も。あなたとの明日の別れを恐れていたわ。どうさようならを言ったらいいかわからなかった。でも結局、心配する必要なかったんだわ」

「何を言っているんだ？」

「つらいお別れを言いたくなかったの。あなたにはどうでもいいことでしょうけど。男性を愛するのはときとして地獄ね。その彼が……」言うべきでないことまで口にしているのに気づいて、モーガンは一瞬口をつぐんだ。でも、今言わなければ、二度と口にする機会はない。そう思い返し、ジェイソンの茫《ぼう》然《ぜん》とした表情を無視して続けた。「あなたはわたしの愛に値しないわ。値したことがなかったわ」

「モーガン！」

「ヴェラの下劣な非難に耳を貸して、それを信じる男性なんか！　わたしを求めたとしても、わたしに値しないわ。さようなら、ジェイソン」

　ジェイソンは、ショック状態にあるようだった。喉の筋肉は引きつり、日焼けした肌にもかかわらず、血の気を失っているのがわかった。乱れた口調で、彼は言った。「モーガン、きみはまさか……」

「何をしようとわたしの勝手よ！」モーガンは車にとび乗り、ばたんとドアを閉めてロックした。ドアハンドルにつかまり説得しようとするジェイソンをあざけった。「ヴェラがお待ちかねよ。とても興味深い話があるそうだから、彼女と話したら？　彼女のもとに戻りなさいな。きっと、戻ったことを喜ぶと思うわ」そして、ブレーキを解除し、アクセルを踏んだ。

最初、モーガンはあまりのショックに泣くこともできなかったが、しだいに涙が出てきて目にあふれ、喉がつまった。数キロ運転したところで、背後から聞こえてくる音にぼんやり気づいたが、なんの関心も払わなかった。ジェイソンのことしか考えられなかった。

車が猛スピードでわきを走り抜けていったとき、モーガンははっとした。ヴェラはこんなに早く帰っていくの？

だが、ヴェラが思いがけず帰っていったことに考えをめぐらす暇はなかった。すぐあとにクラクションが三度鋭く鳴り、バックミラーに視線を走らせると、見覚えのある車が目に入った。クラクションを鳴らし、ジェイソンは車を路肩にとめるよう手で示した。

なんてずうずうしい人なの！　わたしにあれこれ命令できると考えているとしたら、大間違いよ。ジェイソンの鳴らし続けるクラクションをモーガンは無視し、そのまま一キロあまり走った。

だがジェイソンが追い越し、道路の中央に車をとめたので、モーガンは急ブレーキを踏むしかなかった。彼はジープから飛びおり、走ってきた。

「頭がおかしくなったの？　事故を起こしていたかもしれないじゃない」彼女は開いた窓越しにどなっ

た。「あんなふうに、鼻先数センチでとまって」

「大げさなことを言うなよ」ジェイソンはにっこりした。「鼻先数センチじゃなかったよ。自分のしていることもよくわかっているしね。きみがとまらなければ、どこまでも追いかけるつもりだった」彼はそう言い、窓から手を入れてモーガンの目のまわりをなぞった。「泣いていたんだね。なぜ、泣いていた？」

「理由なんてないわ」

「きみは理由もなく泣くような女性じゃない」

目のまわりをなぞっていた指は、今や鼻のわきをたどり、唇のまわりをなぞっている。モーガンの中で、欲望が頭をもたげた。ばかね、彼女は自分を叱《しか》った。

「なぜなんだ？」ジェイソンはなおも尋ねた。

「重要じゃないわ」

「ぼくにとっては重要だ。ちょっと待っていて」それだけ言ってジェイソンはジープに戻り、路肩まで移動させたあと、モーガンのところへ戻ってきた。

「乗せてくれ」

「だめよ、わたしは行かないと」モーガンの声は震えた。「さようなら、ジェイソン」

さらに押し問答を続けるうちに、ジェイソンはドアを開けた。「さあ、ずれてくれ」

「わかったわよ」不機嫌な声を出そうとしたが、うまくいかない。モーガンは横にずれ、ジェイソンは隣に乗りこんだ。ただでさえ狭い車は、ジェイソンが乗りこんだためにさらに狭く感じられる。

「この車も路肩にとめるよ、モーガン」

自分の車が同じく路肩にとめられ、モーガンは言った。「あなたが追いつくちょっと前に、ヴェラが通り過ぎていったわ」

「そのとおり」ジェイソンの声はおかしがっているようだ。

「あんな短時間で、ヴェラの言っていたような話しあいができたの?」

彼の瞳に温かな笑みが浮かんだ。「話すことはあまりなかったよ」

「わたしにはさっぱり……」

「わからない? 結婚には二人の同意が必要だ」

ショックを受けたモーガンの心に、数秒してやっとその言葉の意味が伝わる。伝わったとき、不意に希望が芽をふいた。

「あなたは……あなたが言っているのは……」

「ぼくはヴェラにノーと言った。結婚はなしだ。少なくとも、彼女との結婚は」そっと指でモーガンの顔をなぞる。「驚いた顔をしているね」

「彼女は話したの。自分が去ったとき、あなたは傷ついたって。もちろん、わたしはそれが真実だと知っていたわ。わたしが初めて牧場に来たとき、あなた自身そう言ったんですもの」

「そして、ぼくのところへ戻るというヴェラの申し出に、ぼくが飛びつくと思ったんだね? それは彼女の予想さ。でも、まさかきみがそんなことを信じるはずがない。誰よりも、事情が変わったと知っていたのだから」腕がモーガンの肩に回される。「オースチンでのあの夜以来、ぼくがきみに手を触れずにいられないのはわかっているじゃないか」

モーガンの頬に血の色がさした。「それはわかっているわ、でもわたしはてっきり……」

「てっきりどう思ったんだい、ダーリン?」

「肉体的なものだけだと」

ジェイソンは笑い、肩にかけていた手に力をこめて彼女をいっそう引き寄せた。「確かに、きみのそばに近づくたびにぼくの血潮は熱くなって、きみをベッドに連れこむのが待ちきれなくなる」

モーガンは彼から顔をそむけ、窓の外の景色に目をやった。「じゃあ、わたしの言うとおりでしょう?」

「いや、ダーリン、違う。肉体的に引かれるのは、恋する人間同士が感じる思いの一面にすぎない」

恋する! ジェイソンがもう一方の手を彼女の顎にかけ、顔を自分のほうに向けたとき、モーガンは彼に逆らう気持ちをなくした。

「これでいい。話しあうとき、きみの顔を見ていたい。きみの言ったことだけどね、モーガン」ジェイソンの声は急にハスキーになった。「走り去る前、きみはぼくを愛していると言った」

モーガンの唇は震えた。「確かに言ったわ……」

「一時的な激情にかられて言った言葉かい? 怒っていたから? それとも、本気だった?」彼はモーガンの顔を包みこみ、親指で頬をゆっくり撫《な》でた。熱い炎が体の奥深くで燃え始めた。「どうしても知りたいんだ。教えてくれ、ダーリン」

ジェイソンの口調は切迫していた。心の底を無防備にさらした彼の瞳を見つめて、モーガンは身を震わせた。

「ダーリン……頼む」

「本気で言ったのよ」

たくましい男の体に震えが走ったかと思うと、ジェイソンは彼女を抱き寄せていた。「モーガン、いとしい、モーガン」

二人はしばらく無言のまま、体を寄り添わせて座っていた。やがて、モーガンは彼を見あげた。

「わたしの気持ちはわかっているはずよ」

「ぼくの気持ちもわかっているだろう」ジェイソンは彼女を見おろした。「わかっているよね?」返事がなかったので、彼は言った。「モーガン、いとしいモーガン、どうしてわからないんだ。きみを愛している。きみなしでは、ぼくの人生は無意味だ」

モーガンの心臓は早鐘のように打っていた。ジェイソンの言っていることが信じられなかった。「知らなかったわ。この一週間、ときとして……。でも、ヴェラが現れて……」

「腹の立つ女だ！　都合の悪いときを狙《ねら》いすましたように現れたりして。もう少しですべてがぶち壊されるところだった」

「あなたはすごく怒っていたわね。わたしが彼女にコーヒーをかけたと信じたの？」

「モーガン……」

「何が起きたか、聞いてほしいわ」

「ぼくは聞きたくない。ひと言も」

　当惑し、モーガンは彼の腕の中で身をよじった。

「話さなかったら、あなたはわからないわ」

「わかっているよ、ダーリン。聞かされなくても。細かいことはわからないが、だいたいは推測できる。ぼくはあのとき、きみに尋ねるべきじゃなかったんだ」

　モーガンはそむけていた顔を戻し、彼と目を合わせた。「ええ、ジェイソン。あなたは尋ねてはいけなかったのよ」

「尋ねたりせず、わかるべきだったんだ。きみは決してあんなことをする人ではないと。ぼくはきみの期待にそむいた。そして、そのことで決して自分を許さないだろう。何が起きたか、わかるべきだった。きみを信頼すべきだったんだ」

　モーガンは幸福感に目を輝かせながら、ジェイソンを見た。もう言葉はいらない。

「オースチンで、ヴェラがぼくたちの邪魔をしたとき、きみはぼくを信頼してくれた。きみはそれと同じ信頼をぼくから受けて当然だ。だから、ぼくはさっき起きたことを話してほしくないんだ。ヴェラはたぶん、お得意の汚い手を使ったんだ」モーガンが口を開きかけたが、ジェイソンがそっと唇に指を当てた。「ぼくはきみを信頼している、ダーリン。それだけだ」

こうした言葉を耳にするのは天国にいる気分、幸福のきわみだった。「ヴェラがあんなに急いで去っていったのは驚きだわ」

ジェイソンの表情は冷たくなった。「ヴェラがとどまる理由は何もなかった……ぼくがいったんはっきりさせたあとは。二人のあいだに未来はない、ぼくの人生にはひとりの女性の居場所しかないし、それはヴェラじゃないと言ったんだ。さっさと帰ってほしい、二度とぼくたちの邪魔をしてほしくないともね」

「彼女は理解した？　わたしにはわからないことがあるんだけど」

「ヴェラのことでかい？」

「ええ。一度は彼女を愛したことがあったんでしょう？」

「いや。一度もない」

「でも、あなたは結婚したわ」

「そのころのぼくは孤独だった。彼女はともに人生を歩むふりをした。しばらくは彼女を信じた。ヴェラが出ていったとき傷ついたというのは本当だ。だが何よりも傷ついたのは、ぼくのプライドだった。どうしてあんな意地の悪い女性に引かれたか不思議だろうね？　ヴェラはその気になれば、とても魅力的になれるんだ」

「そうでしょうね」モーガンはのろのろと言った。

彼女の髪にジェイソンは指をさし入れた。「ぼくたちのことを話そう、ダーリン。きみはすばらしい。きみの優しさ、美しいほほえみ、セクシーな体のすべてに、ぼくは夢中だ」

モーガンは、思いもあらわな目でジェイソンを見た。「なぜ言ってくれなかったの？」

「そのつもりでいたんだ」彼は後悔するように言った。「ぼくなりのペースで。実は、明日の晩に。ブレントが戻るのを待っていたんだ」

「この話とブレントとなんの関係があるの？」

「ここでのきみの仕事が終わるまで、待とうと思ったんだ」

「なのに、わたしはずっと、あなたはわたしを厄介払いするのが待ちきれないんだと思っていたわ。ブレントが戻ってくる話をするとき、あなたはいつも陽気だった。首を締めてやりたくなったときもあるのよ、ジェイソン」

「そうせずにいてくれてよかった」彼はモーガンの喉に唇を押しあてた。「それに、きみがまだ牧場の敷地内にいるうちに追いつけてよかった。でも、追いつけなかったとしても同じだっただろう。きみを見つけただろうからね、ダーリン。見つけだすまで、あきらめるつもりはなかった」

　モーガンはいたずらっぽい笑みを浮かべた。ジェイソンをからかう力が戻ってきた。「あなたを信じるべきかしら。わたしに出ていってほしい、わたしを厄介払いするのが待ちきれない。あなたは何度もそう言ったわ」

「きみを恐れたからさ」彼は苦笑いしながら言い、モーガンを抱いた手に力をこめた。「きみはなんの前触れもなく目の前に現れた。これまで目にした中で最も美しい女性だった。ぼくにはすぐわかった。きみが近くにいたら、ぼくは負けると。きみはぼくの世界を一変させ、何もかも二度ともとどおりにならないと。きみに傷つけられたくなかった、恋に落ちたくなかったんだ」

「それが、追いだそうとあんなに懸命になった理由なの？」

「唯一の理由だよ。きみがあんなに頑固で、牧場を出ていくのを頭から拒否するとは予期していなかった」ジェイソンは低い声で笑った。「自分がすっかりきみにまいるだろうということも」

「わたしがカウボーイたちを誘惑していると思った

ときのことを覚えていて？」

「ぼくは嫉妬《しっと》していたんだ、モーガン」

「じゃあ、わたしが誰も追いかけていないのはわかっていたのね？」

「今ではわかっている。自信の持てないときがあった。あのうっとりするような水着の写真。きみが男たちを興奮させようとして炊事場へ持っていったと思ったとき、すごく腹が立った。きみがそんなことをするはずがないとわかっているべきだったんだ。だがハンクがきみのものを物色していたと知ったあとでさえ、ぼくはまだ腹を立てていた」

「なぜなの、ジェイソン？」

　彼はしばらく無言だった。ようやく口を開いたとき、口調は真剣だった。「きみの美しい体をほかの男たちが見ていると思うと耐えられなかったんだ。あのときまでには、きみに恋をしているとわかっていた。きみを自分だけのものにしたかった。自分が夢中になっている女性の写真にハンクが唇をつけているのを見て、八つ裂きにしそうになった。もうひとりの男も気に食わない。写真の男だ」

「ダミアン？　彼に焼きもちを焼く理由なんかないのよ。彼もわたしも自分の仕事をしていただけ。あのポーズをとるだけでも何時間もかかったのよ」

「何時間も？」

　モーガンの頬は赤らんだが、視線は揺るぎないままだった。「わたしたちには何時間も必要ないわ、ダーリン。何をするにしても、二人とも望んでいることだから」

「今、それを証明したい」ジェイソンはうめき、モーガンをさらに引き寄せた。「きみの車が、こんなに狭くないといいのに」

　車は狭かったかもしれないが、だからといって彼はモーガンにキスせずにいられなかった。口づけはすぐに激しく情熱的なものになった。

「このままではどうにかなってしまう」少しして、ジェイソンは言った。「きみを家に連れて帰るよ」

「わたしは反対方向をめざしていたのよ」モーガンは興奮を隠してからかった。

「きみはどこへも行かない。少なくとも、明日まではは。明日、ぼくはきみに尋ねることがあるんだ。ぼくはもう計画を立てていたんだ。キャンドルからワインから、音楽まで。唯一、用意していないのは指輪だ。きみは自分で選びたいかもしれないと思ったのでね」

「とても信じられない……」

ジェイソンは白い歯を見せてモーガンに笑いかけた。「すべて計画ずみだったんだ。最高にロマンチックなゆうべになるはずだった。だが、ヴェラのおかげでこのありさまだ。ぼくの人生で最も重要な問いを、窮屈な車の中でするはめになった」

「まだ、その問いを聞いていないわ」モーガンは震える声で言った。

ジェイソンの唇は、彼女の唇からほんの数センチのところにあった。「結婚してくれるかい、モーガン？ ぼくの妻になってくれる？」

「イエス、ダーリン、イエス！」

熱狂的なキスのあと、ジェイソンは言った。「きみはぼくを最高に幸せにしてくれた」

「ああ、ジェイソン」モーガンがすすり泣きながら言う。

「また泣いているんだね、ダーリン」

モーガンは涙を流したまま笑った。「女性は幸せだと泣くことがあるのよ」

「ぼくはきみをもっともっと幸せにするつもりだ。最高に幸せな女性にするためにベストを尽くす」

「わたしはもう最高に幸せよ」

「話さないといけないことがあるんだ」ジェイソンの声が変化した。「きみがこれまでの暮らしをあきらめることができないのはわかっている。ずっと牧場で幸せに暮らすことを期待できないとも……」

「ジェイソン！」モーガンは彼の言葉をさえぎった。「いったい何を言っているの？」

「だから……これがぼくの提案だ。二人してオースチンに引っ越すんだ。きみは仕事を続けられるし、ぼくはオースチンから牧場を経営する」

「だめよ、ジェイソン、いけないわ！　決してそんなことをしてなんて頼まないわ。わたしたちはここで暮らすのよ、シックスゲート牧場で」

「きみはまだよく考えていないんだ」

「考える必要はないわ。そんな犠牲を払うことを考えたなんて信じられない」

「犠牲にはならないさ」ジェイソンはとぎれとぎれに言った。「きみと生涯をともにすることを意味するんだから。ぼくにとって重要なのはそれだけだ。きみと暮らすことは牧場よりもっと重要だ」

モーガンはこれほど感動したことはなかった。ジェイソンの喉に唇を押しつけ、彼女は言った。「申し出はうれしいわ、ダーリン、でも、ここがわたしたちの住むところになるのよ」

ジェイソンの腕に力がこもる。「本気で言っているのかい？」

「シックスゲート牧場。わたしの望む唯一の家よ」

「華やかな仕事を懐かしく思わないかい？」

彼女はかぶりを振った。「仕事は楽しんだわ。でも、次に移る心構えはできているの」

「牧場では寂しくなることがあるだろう」

「あなたといるのに、どうして寂しくなれて？　それに、わたしは牧場の暮らしが大好きよ。祖父が愛したと同じように。そして、何よりもあなたを愛しているわ」

「モーガン。いとしいモーガン」

顔を上げたモーガンの目にいたずらっぽいきらめ

きが浮かんだ。「ただ、条件がひとつ。ひとりで好きなときに馬に乗りたいの。一挙手一投足まで束縛されるのはいや。自分の自由が必要だわ。カウボーイの孫娘なのよ。忘れた？　それはわたしにとって重要なの、ダーリン。本当に重要なの」

　ジェイソンは一瞬ためらっただけだった。「それがきみにとって重要なら、ぼくにとっても重要だ。好きなときに馬に乗るといい。決してぼくに断る必要はない。ただ、ひとつだけ約束してくれ……気をつけると。きみに何かあったら耐えられない」

「何も起こりっこないわ。ああ、ジェイソン！」モーガンの瞳はきらきら輝いていた。

　ジェイソンは彼女の顔を両手で包んだ。「いつ、結婚できる、ダーリン？」

「すぐに」モーガンはささやいた。

「大至急だ」彼は熱っぽく言ってキスした。「今はただ家に戻りたい。きみを情熱的にちゃんと愛したい。狭い車の中では無理だ」

　車が猛スピードで走り過ぎたとき、牛が何頭か驚いて頭を上げた。車の中で寄り添う二人は牛たちに気づかなかった。家が視界に入ってきたとき、彼らの頭にあったのはただひとつのことだけだった。

朝が来るまで
2001年7月20日発行

著　　者　ローズマリー・カーター
訳　　者　大島ともこ(おおしま　ともこ)

発 行 人　安田　泫
発 行 所　株式会社ハーレクイン
東京都千代田区内神田1-14-6
電話 03-3292-8091(営業)
03-3292-8457(読者サービス係)

印刷・製本　凸版印刷株式会社
東京都板橋区志村1-11-1

落丁・乱丁本はお取り替えいたします。

ISBN4-596-00955-4 C0297

ハーレクイン社シリーズロマンス　8月5日の新刊

ハーレクイン・イマージュ〈ロマンティックな恋を現代感覚で描いたシリーズ〉　各610円

花嫁は海を渡って（キング三兄弟の受難Ⅲ）	♥ エマ・ダーシー／橋　由美 訳	I-1455
嫌われ者、故郷へ帰る	ジャネール・デニソン／高杉啓子 訳	I-1456
恋の危険地帯	アリソン・ケリー／高橋庸子 訳	I-1457
あなたには言えない	シャロン・ケンドリック／竹中町子 訳	I-1458
海の見える愛の家	パトリシア・ノール／澁沢亜裕美 訳	I-1459
花嫁の誘惑（シンデレラの舞踏会Ⅵ）	♥ デイ・ラクレア／吉田洋子 訳	I-1460
ワインの裏切り	メアリー・ライアンズ／進藤あつ子 訳	I-1461
身代わりの結婚（結婚のメリットⅠ）	レニー・ローゼル／戸田早紀 訳	I-1462

ハーレクイン・クラシックス〈人気作家のなつかしい作品を集めたシリーズ〉　各640円

結婚ラプソディー	リンゼイ・スティーヴンス／富田美智子 訳	C-447
囚われの美女	パトリシア・ウィルソン／高木晶子 訳	C-448

ハーレクイン・ヒストリカル〈ドラマティックな歴史ロマンスを描いたシリーズ〉　各860円

復讐の使者（薔薇と宝冠Ⅱ）	♥ ルース・ランガン／下山由美 訳	HS-117
意外な求婚者	ジュリア・ジャスティス／木内重子 訳	HS-118

シルエット・ディザイア〈ホットでワイルドな恋を描いたシリーズ〉　各610円

もう振り返らない（約束の地Ⅱ）	ケイト・ロンドン／秋元美由起 訳	D-901
火花の中でダンス（最高のあなた）	モーリーン・チャイルド／松村和紀子 訳	D-902
失った恋の行方	エイミー・J・フェッツァー／山口絵夢 訳	D-903
ドクターは適齢期	♥ バーバラ・ボズウェル／沢田由美子 訳	D-904

シルエット・スペシャル・エディション〈大人の女性の恋を描いた読みごたえのあるシリーズ〉　各670円

ドクターの贈り物（都合のいい結婚）	♥ クリスティン・リマー／島野めぐみ 訳	N-877
運命の再会（愛が生まれる場所Ⅰ）	パトリシア・マクリン／山田信子 訳	N-878
ベビーに夢中	パトリシア・セアー／中野　恵 訳	N-879
ネイティブ・ハート（ホワイトホーン・マーヴェリック）	マーナ・テンティ／桐島夏子 訳	N-880

ハーレクイン文庫〈バックナンバーをの声から生まれた文庫版シリーズ〉　各530円

青い目のジプシー	パトリシア・ウィルソン／高木晶子 訳	B-547
愛の言葉を聞かせて	ジェイン・ボーリング／宮崎　彩 訳	B-548
いとしのサンシャイン	アン・マカリスター／高杉啓子 訳	B-549
遅れてきた初恋	ヴィクトリア・グレン／神津ちさと 訳	B-550
トロピカルブライド	レイ・モーガン／川口孟己 訳	B-551
トワレの小壜	アン・メイジャー／川成　洋 訳	B-552

ハーレクイン・クラブではメンバー募集中!
お得なポイント・コレクションも実施中!
切り取ってご利用ください。➡

「会員限定ポイント・コレクション」用クーポン
02　06

♥マークの本は今月のおすすめ
価格は税別です。